NASHÖRNER HABEN AUCH GEFÜHLE

Ulrike Leistenschneider, geb. 1981, ist in Bingen am Rhein aufgewachsen und zur Schule gegangen. Nach dem Abitur hat sie in Mainz Germanistik, Philosophie und ein kleines bisschen Katholische Theologie studiert. Über München ist sie nach Stuttgart gekommen, wo sie noch immer lebt und arbeitet. Das Schreiben begleitet sie seit ihrer Kindheit.

Isabelle Göntgen, geb. 1977 in Südkorea, ist Diplom-Designerin und arbeitete für die Werbeagentur Saatchi & Saatchi, bis sie sich 2006 als Illustratorin selbstständig machte.

Ulrike Leistenschneider ♡ Isabelle Göntgen

NASHÖRNER HABEN AUCH GEFÜHLE

Der ~~längste~~ peinlichste Liebesbrief geht weiter

KOSMOS bei CARLSEN

Außerdem von Ulrike Leistenschneider im Carlsen Verlag lieferbar:
Liebe ist ein Nashorn

FSC
www.fsc.org
MIX
Papier aus verantwortungsvollen Quellen
FSC® C083411

Veröffentlicht im Carlsen Verlag
März 2017
Mit freundlicher Genehmigung des Franckh-Kosmos Verlages

Umschlaggestaltung und -typografie: formlabor unter Verwendung der Originalillustration
Corporate Design Taschenbuch: bell étage
ISBN: 978-3-551-31542-7

Freitag, 20. Dezember

Hey Jan,

jetzt sind genau 13 Tage, 23 Stunden, 53 Minuten und 32, 33, 34 … Sekunden vergangen, seit du mich geküsst hast. Pinky sagt, man muss einem Jungen zwei Wochen zur Erholung geben, wenn er so etwas Weltbewegendes getan hat – besonders wenn der Junge Jan Wildemann heißt und offensichtlich gegenüber Mädchen schüchtern ist. Das behauptet sie zumindest. Falls es stimmen sollte, passen wir perfekt zusammen – wie du weißt, bin ich auch extrem schüchtern.

Dass es überhaupt zu einem Kuss gekommen ist, kann ich immer noch nicht so richtig fassen. Es war kurz vor meinem Auftritt bei der Theaterpremiere, ich war megaaufgeregt und dann warst du plötzlich da! Irgendwie war mein Liebesbrief-Tagebuch in deine Finger geraten, und das wolltest du mir wiedergeben. Vor Schreck habe ich das verrückte Huhn Elsa losgelassen, das ich über die Bühne tragen sollte. Wir haben es zusammen eingefangen und deshalb habe ich natürlich meinen Einsatz verpasst – aber das hat sich gelohnt: Der Kuss war SOOO SCHÖN!

An dem Abend hast du zu mir gesagt: „Bis demnächst, Lea!“

Inzwischen frage ich mich: Was bedeutet *demnächst* eigentlich? Ich hab gedacht, *demnächst* kann höchstens zwei Tage dauern. Aber das siehst du wohl etwas anders. Wie lange soll *demnächst* denn noch gehen, Jan? Zehn Monate? Hundert Jahre? Verdammt, du Schnarchnase, jetzt melde dich endlich!

In mir macht sich langsam ein ganz, ganz komisches Gefühl breit. Ich finde es schon wirklich seltsam, dass wir uns seit dem Kuss kein einziges Mal mehr begegnet sind, obwohl wir doch auf die gleiche Schule gehen. Gut, du bist in der Neunten und ich in der Achten, aber vor dem Kuss habe ich dich wenigstens mal aus der Ferne in der Pause oder so gesehen.

Und jetzt? Vielleicht liegst du ja seit zwei Wochen schwerkrank mit Fieber im Bett!? Das würde so einiges erklären, aber eigentlich kann auch das nicht sein. Denn eine kurze Begegnung gab es ja – wenn ich mich nicht getäuscht habe. Das warst doch du am Mittwochmorgen auf dem Schulflur, oder?

Ich bin mir ehrlich gesagt ziemlich sicher, dass du es warst, Jan. Gehst du mir aus dem Weg? Oder was wolltest du im Klassenzimmer der 5b?

Jedenfalls halte ich es nicht mehr aus. Die 14 Tage Schonfrist sind fast um und ich würde dir am liebsten eine besonders coole SMS schreiben, so was wie: *Hi Jan, wie geht's denn so, alles klar? Lang nicht gesehen. Bist du von der Schule geflogen? *g* Lea*

Leider darf ich das nicht. Pinky hat es mir verboten, denn eine ihrer Regeln lautet: Lauf niemals einem Jungen hinterher. Und ich kann dazu nur sagen: Brich niemals die Regeln deiner besten Freundin, denn sonst geigt sie dir schonungslos die Meinung.

Und das will ich mir lieber ersparen. Pinky kennt da echt kein Erbarmen. Auf der anderen Seite ist es aber auch wichtig, dass jemand ehrlich zu einem ist. Ich bin darin nicht so gut. Zum Beispiel hat sich Pinky vor zwei Tagen ihre pinke Haarsträhne umgefärbt, in Grün, und es hat mir nicht wirklich gefallen, weil es so schmutzig aussieht, eher wie Grau. Anstatt ihr das zu sagen, habe ich erst mal so getan, als würde ich es nicht bemerken. Es hat aber nur zwei Minuten geklappt, dann hat Pinky mir in die Seite gehauen und gemeint: „Du sagst ja gar nichts zu meiner neuen Farbe!"

Was sollte ich da erwidern? Ich hab mit einem witzigen Spruch versucht, um die eigentliche Antwort herumzukommen: „Ja, stimmt, da ist was anders! Nennst du dich jetzt eigentlich noch Pinky? Oder soll ich Frosch zu dir sagen?"

Pinky fand das aber gar nicht lustig und hat nur rumgemotzt, dass es mir wohl nicht gefallen würde, und damit wir keinen Streit bekommen, habe ich schnell gesagt: „Doch, voll cool, aber das Pink war halt auch schön. Ich hatte mich schon so dran gewöhnt."

„Tja, öfter mal was Neues!“, hat Pinky besänftigt gelacht und damit war das Thema zum Glück vom Tisch.

Wie ist das eigentlich bei euch Jungs so, Jan? Sagst du Yasar alles offen ins Gesicht? Beste Freunde sollten ja ehrlich zueinander sein, aber wenn man dann wirklich die Wahrheit sagt, kann das oft auch verletzen. Ich finde es jedenfalls schwierig, immer die richtigen Worte bei meinen Freundinnen zu finden. Paula war da früher ganz schlimm, bei der kleinsten Kritik war sie eingeschnappt. Seit sie allerdings in der „Girl&Boy-Power-AG“ bei Frau Sauerwein mitmacht und mit Frido zusammengekommen ist, strotzt sie nur noch so vor Selbstbewusstsein. Und Julia ist sowieso die Allerhärteste. Die sagt, ohne mit der Wimper zu zucken, was sie denkt, allerdings hängt sie oft noch ein paar „Spaß“ dran und dann muss man sich ausrechnen, ob sie das, was sie gerade gesagt hat, ernst meint.

In diesem Fall hatte ich wohl Glück und sie fand den Pulli wirklich gut, wenn ich mich nicht verzählt habe. Ist mir aber auch egal, denn ihr Spaß-Tick nervt ganz schön. Irgendwann sage ich ihr das vielleicht auch mal.

Na ja, jedenfalls bin ich innerlich gerade ganz schön zerrissen. Seit ich mich in dich verliebt habe, bewohnen Nashörner meinen Körper. Die haben sich einfach überall breitgemacht: in meinem Bauch, im Herzen – am schlimmsten sind die im Kopf, weil sie einen beim Denken stören. Manchmal fühle ich mich auch wie ein einziges großes Nashorn – besonders, wenn du in der Nähe bist. Dann fällt mir einfach nichts mehr ein. Deshalb habe ich mir gedacht, dass ich jetzt lieber nichts mache. Also mich nicht bei dir melde oder zu dir hingehe oder so. Ich glaube, in den letzten zwei Wochen hatte ich die Nashörner richtig gut im Griff. Hatte sie quasi gezähmt und sie haben sich verzogen. Aber ich spüre, wie sie gerade alle wieder aus irgendwelchen Löchern angepoltert kommen.

Das ist ja auch kein Wunder. Jetzt sind es 13 Tage, 23 Stunden, 59 Minuten und 56, 57, 58, 59 Sekunden … und Schluss! Aus! Die 14 Tage sind um, jetzt müsstest du dich eigentlich melden. Sehnsüchtig schaue ich auf mein Handy – aber natürlich passiert nichts. Soll ich dir nicht doch eine SMS schreiben, ein klitzekleines „Was geht?“? Natürlich nicht so möchtegern-obercool, wie ich es mir vorhin ausgemalt habe, sondern einfach nur nett und … Nein, ich lass das! Oder doch? Mann, was soll ich nur machen? Ich habe eine Idee! Wenn ich eine SMS an Julia an dich schicke, dann sieht es so aus, als hätte ich nur eure Namen verwechselt. Julia kommt in meinem Adressbuch direkt nach dir, Jan, das könnte also durchaus glaubhaft wirken. O. k., ich tippe schon eifrig in mein Handy: *Hi Julia, na, Lust auf Schlittschuhlaufen morgen? Liebe Grüße, Lea.* Am liebsten würde ich noch ein Herz hintendran hängen, aber das wäre wohl zu verräterisch. Mit zittrigem Finger drücke ich auf Senden. So, jetzt habe ich dir doch wirklich eine Steilvorlage geliefert, oder? Jetzt brauchst du nur noch so etwas zu antworten wie: *Ich bin zwar nicht Julia, aber ich würde natürlich trotzdem sehr gern mit dir Schlittschuh laufen gehen.*

Ich warte … und warte … und warte … Na ja, vielleicht hast du es nicht gleich gesehen oder musst dir noch die Formulierung überlegen. Am besten wäre, wenn ich gar nicht darüber nachdenke, sondern irgendwas anderes mache. Aber was? Ich könnte zum Beispiel Comics für die Schülerzeitung zeichnen, das mache ich jetzt seit Neuestem. Den Comic für die Februar-Ausgabe habe ich vorgestern abgegeben und der für März muss Mitte Januar fertig sein. Also habe ich noch eine Menge Zeit …

Während ich weiter mein Handy fixiere, höre ich, wie die Wohnungstür aufgeschlossen wird. Mudda und Papa sind zurück.

Das ist typisch Mudda. Ihr Humor ist leider minus 138 witzig. Die Einzige, die darüber lachen kann, ist sie selbst. Na ja, und Papa. Seit sie die Paartherapie machen, findet er wieder alles an Mudda toll. Oder zumindest tut er so. Und Mudda wirkt, als ob sie seit Neuestem mit allem umgehen kann, was sie früher an Papa gestört hat. Plötzlich hat sie Verständnis dafür, dass Papa sich so sehr für Geld interessiert. Das hätte ihr auch echt mal früher einfallen können, wo Papa doch bei der Bank arbeitet. Im Gegenzug meditiert Papa jetzt sogar manchmal mit Mudda, und das, obwohl er sich darüber immer lustig gemacht hat! Ich sag dir, das ist hier irgendwie verkehrte Welt bei uns …

Während der Troll und ich murrend Bio-Eier, Bio-Käse, Bio-Milch, Bio-Butter (und so weiter, Mudda und Papa kaufen ja alles im Bio-Markt – zufällig finde ich das mal gut an ihnen, es ist ja nicht so, dass Eltern nur doof wären …), also, während wir die Sachen in den Kühlschrank räumen, nimmt Papa Muddas Hand und schaut ihr tief in die Augen. Dann sagt er seufzend: „Ich bin so froh, dass wir diese tolle Therapeutin gefunden haben. Ein bisschen fühle ich mich, als würde ich gerade neu geboren werden."

Und Mudda antwortet ebenso herzzerreißend: „Ja, das stimmt. Ab jetzt wird alles anders. Wir fangen noch mal ganz neu an."

Ich ziehe gerade einen Sack mit Kartoffeln über den Küchenboden, um den Tonkrug in der Ecke aufzufüllen, da fügt Mudda noch hinzu: „Es ist wirklich wichtig, dass wir uns mehr Zeit füreinander nehmen." „Wenn ihr eure Kinder für euch arbeiten lasst, dürfte das kein Problem sein", knurre ich, doch Papa wuschelt dem Troll und mir nur lachend durch die Haare. „Keine Angst, euch vergessen wir nicht!", sagt er fröhlich. „Wir halten alle fest zusammen. Die Familie ist die kleinste und wichtigste Keimzelle der Gesellschaft. Sie gibt uns Geborgenheit und Halt und …"

Ach, du Scheiße! Den Rest von Papas Familienpredigt kriege ich nicht mehr mit, ich kann ihm einfach nicht folgen. Was ist das denn für eine Therapie? Auch der Troll schaut mich alarmiert an. „Meinst du, wir müssen da auch mal mit hin?“, flüstert er, nachdem Papa und Mudda sich ins Wohnzimmer zu einer *See*-Meditation zurückgezogen haben.

Ich zucke mit den Schultern. „Glaub ich nicht. Ist doch eine PAAR-Therapie, also geht es nur um die beiden. Wir stören die ja nicht. Haste doch gehört, wir geben denen Halt. Auch du, Troll“, füge ich grinsend hinzu.

Jetzt sieht der Troll irgendwie unglücklich aus und ich frage mich, ob sich mein kleiner Bruder in den letzten zwei Wochen verändert hat. Du könntest mir darauf vielleicht eine Antwort geben, Jan, denn du siehst ihn ja immer beim Fußballtraining. Als sein Co-Trainer müsstest du ihn eigentlich ständig beobachten. Und da du bestimmt total einfühlsam bist, würdest du ja sofort merken, wenn mit dem Troll etwas nicht stimmt. Soll ich dich mal anrufen und nachfragen? Nein, auf KEINEN FALL! Nach der fehlgeleiteten SMS an Julia wäre der Anruf viel zu scheinheilig. Wahrscheinlich hat der Troll gar nichts und ist einfach nur schlecht gelaunt, weil ich ihn nie mit seinem richtigen Namen anspreche. Vielleicht aber auch nicht. Komisch, ich mach mir echt Sorgen um ihn. Weiß gar nicht, wieso. „Du, Tim, hast du was?“, versuche ich etwas aus ihm herauszukitzeln.

„Nee. Nenn mich nicht Tim!“, antwortet der Troll übelstgelaunt. Dann faltet er die leeren Papiertüten zusammen und macht sich vom Acker. Seine Zimmertür knallt er ordentlich hinter sich zu. Mit offenem Mund steh ich da. Der Troll *will* Troll heißen?? Ich sag's ja: In dieser Familie ist gerade alles verdreht. Aus dem Wohnzimmer höre ich eine beruhigende Frauenstimme: „Und nun stellen Sie sich vor, Sie sind der See ..." O.k., nicht alles ist verdreht – diese Meditation kommt mir SEHR bekannt vor. Leider!

Der Troll ist übrigens nicht der Einzige, der total auf seinen Spitznamen abfährt. Vor Kurzem habe ich versucht, Mudda nicht mehr Mudda zu nennen. Ich meine, das ist doch wirklich peinlich. Nur weil ich sie als kleines Kind so gerufen habe und es dann dabei geblieben ist, hält mich heute erst mal jeder für so ein Proll-Mädchen. Ich hoffe, du nicht, Jan! Jedenfalls versuche ich es zu vermeiden, Mudda in der Öffentlichkeit anzusprechen. Denn jeder Versuch, sie umzubenennen, ist leider gescheitert.

Es bleibt also bei Mudda.

„Lea, könntest du bitte schon mal den Tisch fürs Abendbrot decken!“, ruft Mudda zwischen zwei Meditationseinheiten aus dem Wohnzimmer. Papa kichert. So ganz ernst kann er das Meditieren wohl doch nicht nehmen. Kein Wunder, wenn nicht mal Mudda es durchhält, sich als See zu fühlen. Jetzt gluckst sie auch noch mit Papa um die Wette. Die beiden ticken doch nicht ganz richtig. Ich habe nichts gehört … Kann doch mal passieren, oder? Jedenfalls bin ich nicht ihr Sklavenkind!

„LEA!“

In diesem Moment summt mein Handy, und jetzt ist mir sowieso alles egal. Die können noch so brüllen, als würden sie gerade im See ertrinken – ich MUSS jetzt SOFORT deine Antwort lesen.

Um acht am Eingang vom Weihnachtsmarkt! Kuss, Pinky

Alles klar!, schreibe ich enttäuscht zurück. Doch als ich auf Senden drücke, summt es erneut, und diesmal ist die SMS endlich von dir! Mein Daumen zittert schon wieder, als ich die Nachricht öffne.

Hey Lea, du hast die SMS an Julia aus Versehen an mich geschickt … LG Jan.

AUS VERSEHEN??? Wie kannst du nur so hohl, so naiv sein??? Wieso checkst du nicht, dass ich MIT DIR Schlittschuh laufen will? Frustriert schmeiß ich mein Handy aufs Bett. Es ist schon gleich sieben, ich deck jetzt doch mal den Tisch, sonst schaff ich es nicht mehr rechtzeitig zum Weihnachtsmarkt.

Als ich in die Küche komme, hat Mudda schon fast alles hingestellt. „TIHIMM! ESSEN!", ruft sie durch die Wohnung. Und ist gar nicht sauer, weil ich nicht geholfen habe? Na, sie hat ja Papa, der fleißig eine Salatsoße anrührt. Dabei dreht er seinen Kopf nach hinten und lächelt Mudda immer wieder zu, und jetzt … oh, nein, jetzt reiben sie auch noch kurz ihre Nasen aneinander!

„Wir sind hier nicht bei den Eskimos", brumme ich.

Mudda lacht. „Warum hast du denn so schrecklich schlechte Laune?", fragt sie.

„Hab ich gar nicht", versuche ich so wenig gereizt wie möglich zurückzugeben. Leider ohne großen Erfolg. Ich glaube, ich bin echt neidisch auf meine Eltern, weil sie gerade eine glückliche Phase in ihrer Liebe erleben. Dabei sollte ich doch froh sein und ihnen ihr Glück gönnen. Ich müsste mich an ihnen erfreuen – immerhin machen sie mir Hoffnung darauf, dass es so etwas wie die große Liebe wirklich gibt. Dummerweise benehmen sie sich dabei aber schlimmer als verliebte Grundschüler – und so will ich eigentlich nicht werden!

„Wieso haben wir nur so unglückliche Kinder?", bemerkt Papa mit einem Blick auf den Troll, der immer noch mit seinem Trübsal-Gesicht herumläuft.

Dann sitzen wir alle um den Küchentisch herum und Mudda räuspert sich, als würde sie gleich eine Ansprache halten. Tut sie dann irgendwie auch.

„Unsere Familie ist das Wichtigste überhaupt", beginnt sie. Was kommt jetzt? Ein Mitschnitt oder Best-of von Papas Predigten? „Und deshalb wollen wir unseren Familienzusammenhalt stärken, indem …"

„Oh nee, müssen wir doch mit zur Therapie?", ruft der Troll leicht panisch dazwischen.

Mudda sieht ihn pikiert an. „Wie kommst du denn darauf? Nein, wir möchten einfach nur mehr zusammen unternehmen. Und deshalb gehen wir morgen gemeinsam in die Stadt."

Ich starre sie entgeistert an. Mudda will freiwillig an einem Samstag, auch noch dem letzten vor Weihnachten, mit uns shoppen gehen. Eine Tätigkeit, die sie zutiefst verabscheut, weil sie „ein Ausdruck der oberflächlichen, konsumgeilen westlichen Welt ist" (O-Ton Mudda).

„Cool, ich will ins Spielzeugland!", ruft der Troll.

Papa tätschelt ihm den Arm. „Ja, da gehen wir hin. Und dann zeig ich dir mal die Eisenbahnen, mit denen ich früher gespielt habe. Das wird dir bestimmt gefallen."

„Ich will lieber in die Computerabteilung, da kann man umsonst Playstation spielen!"

Ich gucke Mudda an. „Und ich will in jeden Klamottenladen, der mir gefällt!", sage ich und meine Stimme klingt nach *oder ich komme nicht mit*. Mann, eigentlich will ich nicht so sein, aber gerade bin ich total genervt. Siehst du, was du anrichtest, Jan? Nur weil du so komisch bist, muss meine Familie das jetzt ausbaden.

Seufzend häuft sich Mudda einen Berg Salat auf den Teller. „Das wird wundervoll, wenn wir mal wieder alle gemeinsam etwas unternehmen."

Also, ich möchte jetzt erst mal auf den Weihnachtsmarkt. Vielleicht schafft Pinky es ja, mir bessere Laune zu zaubern. „Um zehn Uhr hol ich dich ab!", ruft Papa mir noch hinterher.

Ich sitze in der Bahn auf dem Weg zum Weihnachtsmarkt. Um mich herum lauter Leute mit vollen Tüten und Taschen, alle konsumgeil, wenn es nach Mudda geht. Und ich mittendrin – wenn ich genug Geld hätte, würde ich sämtliche coolen Läden leer shoppen, die es nur gibt. Mann, hört sich das tussihaft an. Stimmt aber leider. Ich freu mich schon auf morgen. Hoffentlich kauft Mudda mir den Oversize-Pulli in meinem Lieblingsladen. Der ist nämlich nicht ganz billig.

Kennst du das, Jan, sozusagen grundlos schlecht gelaunt zu sein? Ich meine, so schlimm war deine Antwort-SMS ja auch wieder nicht. Wahrscheinlich krieg ich einfach meine Tage – na, dann kennst du es wohl nicht. Manchmal wär ich gern ein Junge, glaub ich. Ob ich dann auch so ein Nix-Checker wie du wäre?

Obwohl es in der Bahn ziemlich voll ist, bleibt der Platz mir gegenüber frei. Vielleicht haben die Leute Respekt vor dem kleinen Nashorn, das sich gerade dort hingesetzt hat, und … echt wahr … jetzt fängt es auch noch an, mit mir zu reden!

Da schweigt das Nashorn. Oh Gott, bin ich durchgeknallt. Zum Glück habe ich nicht laut geredet, sonst hätten die Leute es auch noch gemerkt. Und auf mitleidige Blicke habe ich keine Lust. Da sind mir die neugierigen lieber, die gern sehen würden, was ich hier so in dieses Buch hineinkritzele. O. k., ich hör jetzt mal auf. Die Bahn hält gleich an und ich muss aussteigen.

Habe ich vorhin was von schlechter Laune geschrieben? Da wusste ich nicht, dass so ein Launenpegel noch viel tiefer sinken kann. Mittlerweile hat er den Nullpunkt erreicht, und wie könnte es anders sein – es hat natürlich mit dir zu tun, Jan!

Ich komme auf dem Weihnachtsmarkt an und da sind außer Pinky noch einige andere von unserer Schule. Paula, Frido und Julia sind dabei, ich sehe Yasar und – DICH! Damit habe ich nicht gerechnet. Sämtliche Nashörner geben Vollgas. Aber leider ist da auch Kröten-Caro. Ein schwarzer Hut ziert ihre Lockenpracht, sie lehnt gekonnt lässig an der Pommesbude und schaut dir beim Essen zu. Jetzt stibitzt sie dir sogar ein Pommes. Und du findest das wahrscheinlich auch noch gut …

„Hi Lea! Hey Pinky!“ Yasar hat uns entdeckt. Er kommt auf uns zu und umarmt uns. „Was ist denn mit deiner Strähne passiert?“, fragt er Pinky. „Wieso ist die plötzlich grau?“

„Das ist Grün!“, erwidert Pinky empört, aber Yasar lacht nur.

„Sie sieht echt ein bisschen verwaschen aus“, wispere ich ihr ins Ohr. Pinky starrt mich entgeistert an. „Und das sagst du mir erst jetzt? Tolle Freundin!“, zischt sie. Oh, wäre ich nur mal ehrlich gewesen.

Inzwischen hast du uns auch gesehen und nickst uns zu. Mich grinst du dabei an. War das jetzt so eine Art Verschwörungslächeln? Mein Herz klopft hoffnungsvoll. Als hätte Kröten-Caro etwas gewittert, schnellt ihr Kopf zu uns herum. Habe ich schon mal erwähnt, dass ich Kröten-Caro voll bescheuert finde? Dummerweise beruht das auf Gegenseitigkeit. Seit sie weiß, wie Pinky und ich sie nennen, hasst sie uns regelrecht und gibt sich keine sonderliche Mühe mehr, das zu verbergen. Jetzt bläst sie in ihre Hände und jammert: „Es ist viel zu kalt! Jan, du musst meine Hände wärmen.“ Und als wärt ihr ein Paar, stellt sie sich einfach hinter dich und steckt ihre Hände links und rechts in deine Jackentaschen. Du grinst vor dich hin, als sie

auch noch ihr Kinn auf deiner Schulter ablegt. „So ist es viel besser!“, seufzt sie und lächelt verträumt.

Ich finde das allerdings nur hinterhältig. Ich meine, ihr seid doch kein Paar? ODER? Das hätte ich in den letzten beiden Wochen doch mitbekommen müssen. Wir hatten gefühlt hundert Theateraufführungen und nach keiner einzigen hast du sie hinterher abgeholt. Wärst du ihr Freund, hättest du das doch wohl getan, nicht wahr? Am liebsten hätte ich Kröten-Caro meine Handschuhe angeboten. Aber wie hätte ich das begründen sollen? *Damit ich auch mal meine Hände bei Jan wärmen kann?*

Was soll ich sagen, der Abend war gelaufen! Wir schlendern in einer größeren Gruppe gemeinsam rum und gehen dann ziemlich schnell vom eigentlichen Weihnachtsmarkt weg zu den Jahrmarktsbuden und dem Autoscooter. Eigentlich herrscht eine ausgelassene Stimmung. Frido kauft für sich und Paula eine Zuckerwatte. „Oh, aber wir müssen doch aufpassen“, sagt Paula abwehrend. „Wir werden sonst noch viel zu dick!“

„Deshalb teilen wir uns ja eine“, lacht Frido und kurz darauf zupfen die beiden einträchtig nebeneinander Wattebüschel vom Stängel. Ich kann den klebrigen Zucker förmlich riechen, trotz der anderen Gerüche nach Bratwurst, Glühwein, Zimt und Popcorn.

„Fährst du mit mir Autoscooter?“, fragt Julia Yasar und klimpert mit den Augen. Ob sie sich das bei Kröten-Caro abgeguckt hat? Julia kopiert manchmal Sachen von anderen Leuten. Nicht immer zu ihrem Vorteil. Doch bei Yasar zieht es anscheinend. „Klar!“, sagt er und legt den Arm um sie. Irgendwas muss ich verpasst haben.

Die Lichter am Autoscooter blinken in ständig wechselnden Farben und eine rauchige Männerstimme sagt die nächste Runde an. „Los, komm!“ Pinky zerrt mich am Jackenärmel zu einem der Wagen. Sie hat schon Fahrchips für uns beide gekauft. „Sind Julia und Yasar jetzt zusammen?“, schreie ich gegen die Musik an, die aus den Lautsprecherboxen über die Bahn dröhnt. Pinky nickt. „Ich glaube, ja. Seit gestern Abend.“ Stimmt, da hat Julia Yasar nach der Theateraufführung abgeholt. Ich spüre ein leichtes Piksen im Bauch. Yasar war

wirklich nur sehr kurz in mich verliebt. Und da ich ihn nicht wollte, hat er sich jetzt halt sehr schnell getröstet. Kann mir ja auch echt egal sein. Pinky und ich brausen über das Autoscooterfeld, dabei rammen wir ordentlich die anderen Wagen, natürlich auch den mit Kröten-Caro und dir. Kröten-Caro muss die ganze Zeit ihren beknackten Hut festhalten. „Ja, gibs ihnen!“, brülle ich Pinky ins Ohr und sie fährt dir lachend noch mal richtig doll in die Seite, so dass du fast aus deinem Sitz abhebst. Das lässt du nicht auf dir sitzen und schrammst wiederum gegen uns. Dabei rufst du uns irgendwas zu, das wir aber beide nicht so richtig verstehen, ich noch ein bisschen besser als Pinky.

„Was hat er gesagt?“, fragt sie und ich wiederhole achselzuckend die beiden Worte, die bei mir angekommen sind: „Irgendwas mit *graue Oma*, glaube ich!“

„Hä?“ Pinky guckt mich einen Moment lang entsetzt an. „Meint der etwa auch meine Strähne?“ Wieder hebe ich hilflos die Schultern.

„Was macht Gregor eigentlich heute Abend?“, versuche ich schnell vom Thema abzulenken.

„Hängt mit seinen Leuten ab!“, schreit Pinky. „Autoscooter ist er das letzte Mal vor zwei Jahren gefahren, auf so einen Kinderkram hat er keinen Bock.“

Ich schlucke. Pinkys Freund Gregor ist schon 18 und wirkt auf mich total erwachsen. Gegen Pinky komme ich mir oft wie ein Baby vor, weil sie schon 15 ist. Sie hat viel mehr Erfahrung mit Jungs als ich und manchmal habe ich Angst, dass sie mit mir nichts mehr zu tun haben will, weil ich noch nie einen Freund hatte. Wenn ich im Vergleich zu Pinky ein Baby bin, was bin ich dann wohl für Gregor? Wahrscheinlich ungeboren, also quasi nicht vorhanden. Das würde auch erklären, warum er mich immer übersieht, wenn ich den beiden begegne.

Jetzt krachen Yasar und Julia in uns hinein und das spüre ich bis in den Nacken. Autoscooter kommt mir plötzlich gefährlich vor und ich schreie entrüstet auf. Als wir irgendwann alle gegen Viertel vor zehn vom Jahrmarkt weggehen, fühle ich mich ganz wackelig auf den Beinen, so durchgerüttelt bin ich. Liegt vielleicht auch daran, dass du voll oft gegen uns gefahren bist und mich dabei die meiste Zeit angelacht hast. So kam es mir jedenfalls vor. Eigentlich könnte es ein richtig guter Abend sein. Ja, wenn du nicht so tun würdest, als hätten wir uns nie geküsst, Jan. Zum Glück weiß außer Pinky niemand davon, sonst wäre es mir richtig peinlich, dass du jetzt einen auf Kumpel machst.

„Komm doch noch mit zu mir!“, schlägt Pinky plötzlich vor und fügt mit gesenkter Stimme hinzu: „Ich muss unbedingt meine Strähne umfärben.“

Kannst du mich um elf bei Pinky abholen?, schreibe ich Papa eine SMS. Man kann es ja mal probieren. Postwendend erhalte ich die Antwort: *Kein Problem. Ich hab dich lieb! Dein Papa.* Ich muss lächeln. Ist eben auch ein Vorteil, glückliche Eltern zu haben.

Am Ausgang vom Weihnachtsmarkt sitzt ein junger Mann und zupft auf seiner Gitarre chillige Lieder. Kröten-Caro bricht in Entzückensschreie aus und spielt sich voll auf. „Wow, toll! Dir fehlt nur noch ein Hut zum Geldsammeln!“

Total daneben ihr Kommentar, oder? Das musst du doch auch bemerken. In diesem Moment schnappt sich Yasar ihren Hut und haut damit ab.

„Hey!“, kreischt Kröten-Caro und jagt ihm hinterher. Neidisch stelle ich fest, dass ihre blonden Locken wie immer aussehen.

Wenig später verabschieden wir uns alle voneinander. Und jetzt wird es ganz schön peinlich für mich. Als du Julia umarmst, sagst du nämlich: „Viel Spaß morgen beim Schlittschuhlaufen.“

„Bitte?" Julia schaut dich verständnislos an.

Du lachst. „Normalerweise sagt man *Danke*." Aber dann kapierst du. Irritiert guckst du zu mir. „Hast du meine SMS noch gar nicht gesehen?"

Trotz eisiger Dezemberkälte fange ich an zu schwitzen und werde rot wie ein Glühwein. „Welche SMS?", frage ich, dann schlage ich mir schnell vor die Stirn. „Ach so, ja, ich habe dir geschrieben", stottere ich vor Julia rum. „Also, ob du mit mir zum Schlittschuhlaufen kommst. Aber dann habe ich es wohl irgendwie aus Versehen an den Jan geschickt – er steht in meinem Handy direkt hinter dir … und …"

„Aus Versehen?!", wiederholt Julia mit hochgezogenen Augenbrauen und prustet los. „Spaß, oder?"

„Nein, Ernst", antworte ich verärgert.

„Ich kann morgen leider nicht", sagt Julia und schiebt dann ihr altbekanntes „Spaß" hinterher. „Oder doch, nee, Spaß – ach, ich weiß es nicht, ich muss noch überlegen."

Aber ich weiß, dass ich schon jetzt keine Lust mehr habe. So dämlich, wie du mittlerweile grinst, hast du endlich auch geschnallt, mit wem ich eigentlich zur Eisbahn wollte. Leider sagst du nichts dazu, sondern umarmst mich nur ganz schnell zum Abschied.

Wenn du glaubst, dass ich dich jetzt noch mal frage, dann hast du dich geschnitten. Ich hab auch meinen Stolz!

Kröten-Caro wird von ihrem Vater in einem seiner schnittigen Sportwagen abgeholt. Du darfst auch mitfahren, weil du irgendwo bei ihr um die Ecke wohnst. Genauso wie Pinky. „Leider ist für drei auf der kleinen Rückbank wirklich kein Platz“, sagt Kröten-Caro mit einer gehässigen Freundlichkeit, der wir nichts entgegenhalten können. Yasar und die anderen verabschieden sich in die andere Richtung und Pinky und ich gehen zu Fuß. Als wir nach einer halben Stunde endlich ankommen, ist wie so oft niemand zu Hause. Pinkys Eltern sind gerade mal wieder auf Geschäftsreise und kommen erst am 23. Dezember wieder. „Dafür werde ich dann einen Tag später mit Geschenken überhäuft“, grinst Pinky und tut, als fände sie das ganz cool. Ich weiß aber, dass sie sich insgeheim Eltern wünscht, die weniger oft unterwegs und dafür etwas cooler drauf sind. „So wie deine“, sagt sie und ich frage mich immer, was Pinky an meinen Eltern wohl toll findet. Besonders gern mag sie Mudda, wie so viele meiner Freundinnen. Für mich unbegreiflich …

Pinky schleift mich ins Badezimmer, wo sie eine Tube mit Haarfärbemittel hervorkramt und noch einmal genau die Anleitung auf der Rückseite liest. „Komisch, dass es nicht richtig gewirkt hat“, meint sie. Dann legt sie los, zieht sich Einweghandschuhe an und schmiert sich die Farbe noch mal auf ihre Strähne. „Jetzt muss es einfach klappen!“

Ich sage nichts, weil meine schlechte Laune von vorhin sich irgendwie in Traurigkeit verwandelt hat. Pinky drückt den letzten Rest

Farbe aus der Tube. „Ich lass es einfach 30 Minuten länger einwirken", murmelt sie in den Spiegel hinein. Ich sage immer noch nichts. Traurig sein ist noch blöder als schlechte Laune haben. Aber damit Pinky mal was merkt, seufze ich einmal schwer. „Ist irgendwas?", fragt sie auch sofort.

Ich nicke. „Findest du es nicht auch voll extrem, wie Kröten-Caro sich an Jan ranmacht?", beginne ich.

Pinky hat inzwischen einen farbverklebten Zopf vor dem Gesicht hängen, was ziemlich bescheuert aussieht. „Ja, aber die tut nur so. Glaub mir, die sind einfach nur befreundet …"

„Das reicht mir schon!", unterbreche ich sie heftig. „Mit mir hat er heute Abend so gut wie nichts geredet …"

„Weil er schüchtern ist!", versucht Pinky mich zu trösten.

„SCHÜCHTERN? Langsam glaube ich nicht mehr daran. Der Junge hat mich vor zwei Wochen geküsst, einfach so, das ist ja wohl alles andere als schüchtern."

„Das stimmt", gibt Pinky zu. „Aber sag mal", sie setzt sich neben mich auf den Badewannenrand, „du hast jetzt nicht geglaubt, dass ihr zusammen seid, nur weil ihr euch geküsst habt, oder?"

Doch, habe ich. Stumm schaue ich auf die Marmorfliesen. Ich habe gedacht, dass es wie in meinen romantischen Büchern ist: Zum Schluss küssen sich der Junge und das Mädchen und sind zusammen. Für immer. Happy End.

„Och, Lea!" Pinky legt den Arm um mich und drückt mich einmal fest an sich. „Wenn ich mit jedem zusammen wäre, den ich mal geküsst habe …"

„Das ist was anderes", murmle ich. Mir ist zum Heulen zumute.

Pinky streichelt mir über den Oberarm. „Aber ich glaube nicht, dass du ihn völlig kaltlässt", behauptet sie jetzt. „Er hat schon ganz schön oft zu dir geguckt heut Abend!"

„Echt?" Hoffnungsvoll hebe ich den Kopf. Ich erzähle ihr von der absichtlich fehlgeleiteten SMS und Pinky lacht mich aus. „Lea! Wie peinlich! Aber wenn du Glück hast, ist Jan so verpeilt, dass er es wirklich nicht kapiert hat."

„Soll ich ihm noch eine SMS schreiben, dass er gern mitkommen kann, wenn er möchte?", frage ich eifrig. Jetzt lacht Pinky noch mehr. „Und wenn Julia dann morgen wirklich nicht kann, geht ihr allein Schlittschuh laufen – ganz schön schlau!" Sie hebt die Hände. „Tu, was du nicht lassen kannst – aber ich hab dir nicht dazu geraten. Immerhin verstößt du damit gegen meine Regel *Lauf niemals einem Jungen hinterher*. Bei Jan bin ich mir allerdings nicht ganz sicher, ob man ihm nicht doch auf die Sprünge helfen muss."

In diesem Moment klingelt es an der Haustür. „Oh nee, das ist schon Papa", sage ich. „Ich muss noch mal schnell aufs Klo."

Pinky hüpft die Treppe hinunter und öffnet mit ihrem verklebten Farbzopf die Haustür.

Während sie Papa erklärt, dass sie sich spontan die Strähne eingefärbt hat, wird Papa anscheinend zusehends blasser. Von der Toilette aus höre ich ihn fragen: „Und wo ist Lea?"

„Noch im Bad“, antwortet Pinky ungerührt. „Die kommt gleich.“

„Sie hat doch nicht ... also“, Papa räuspert sich vernehmlich. „Hat sie auch so was mit ihren Haaren gemacht?“

„Klaro!“, lügt Pinky ungeniert und ich muss auf dem Klo anfangen zu kichern. „Aber keine Sorge – es hält nur 179 Haarwäschen.“

„Aha.“ Papa weiß anscheinend nicht, was er noch sagen soll – oder es hat ihm die Sprache verschlagen. Als ich die Treppe runterkomme, atmet er jedenfalls erleichtert auf.

„Du hast es voll geglaubt, oder?“, frage ich, während ich meine Jacke anziehe. Grinsend nickt Papa und behauptet dann auch noch: „Das wäre aber gar nicht schlimm gewesen. Schließlich bist du alt genug, deinen eigenen Style zu finden.“

Das hat sich vor zwei Minuten aber noch nicht so angehört. Im Auto erfahre ich, wieso. Papa holt mal wieder aus zu einer seiner Grundsatzansagen. „Nur zu deiner Info, Lea: Ich hätte wirklich nichts dagegen, wenn du jetzt in der Pubertät ein paar Sachen ausprobierst und dich veränderst. Mit eigenem Style meine ich aber auch eigenen Style. Man muss der besten Freundin nicht alles nachmachen.“

„Tu ich doch gar nicht!“, unterbreche ich ihn empört. Ich bin wirklich meilenweit davon entfernt, mir eine Strähne, in welchem Ton auch immer, zu färben. „Ich dachte, ich lass mir Kreise in die Haare rasieren.“

„Oh!", entfährt es Papa, dann lacht er gezwungen. „Vielleicht doch lieber eine *blaue* Strähne?"

„War nur ein Witz", sage ich zerstreut. In Gedanken lege ich mir schon zurecht, was ich in die SMS an dich reinschreibe.

Als wir zu Hause sind, betreibe ich Katzenwäsche im Bad, schlüpfe in meinen Schlafanzug und setze mich anschließend mit meinem Handy im Schneidersitz auf mein Bett. Die SMS an dich wird meine letzte Amtshandlung für heute sein. Danach werde ich zufrieden einschlafen. Ich habe das Gefühl, dass ein Nashorn mir über die Schulter guckt. *Gut machst du das*, scheint es zu flüstern, während ich tippe: *Hey Jan, ich hoffe, du schläfst noch nicht, und falls doch, hoffe ich, dass meine SMS dich jetzt nicht aufweckt. Will dich nicht nerven, wollte nur mal fragen, ob du vielleicht Lust hast, morgen doch mit zur Eisbahn zu kommen. Fänd es schön, wenn wir uns vor Weihnachten noch mal sehen würden. LG Lea*

Nachdem ich die Nachricht abgeschickt habe, lege ich mich in mein Bett und schalte das Licht aus. Bestimmt ist es so, wie Pinky gesagt hat: Man muss dir nur auf die Sprünge helfen. Mir wollen gerade die Augen zufallen, da wird es auf einmal hell in meinem Zimmer. Das Display von meinem Handy ist angegangen und keine Sekunde später beginnt es zu summen. Ich fahre in meinem Bett auf und stürze zu meinem Schreibtisch, wo ich mein Handy abgelegt habe. Ist das etwa schon die Antwort von dir? Tatsächlich! Ein Glücksgefühl durchströmt mich, als ich auf dem Bildschirm *Neue Nachricht von Jan* lese. Doch gleich darauf bereitest du meiner Begeisterung ein jähes Ende: *Hi Lea, kein Stress! Fröhliche Weihnachten, Jan*.

Was soll man davon halten oder denken? Ich schreibe dir, dass ich dich gern vor Weihnachten noch mal sehen würde, und du antwortest *Fröhliche Weihnachten*! Sag mal, kann es sein, dass wir vollkommen aneinander vorbeireden? Und wieso *Kein Stress*? ICH mach mir keinen Stress, den machst DU mir! Mann, ich könnt mich schon wieder so was von aufregen! Warum hab ich dir nur geschrieben? Ich dumme Nuss. DAS sollte meine letzte Amtshandlung für heute sein? FALSCH. Meine letzte Handlung ist, meinem Nashorn einen Tritt in den Hintern zu verpassen.

Samstag, 21. Dezember

Das wird das schrecklichste Weihnachtsfest meines bisherigen Lebens! Heute ist zwar noch nicht Weihnachten, aber trotzdem. Ich bin mit einem extrem beschissenen Gefühl aufgewacht. Habe ich dir gestern vor dem Schlafengehen wirklich diese hirnamputierte SMS geschrieben? Ein Blick in mein Handy verrät: Ja, und ich habe deine noch viel hirnlosere Antwort leider auch nicht nur geträumt. Meine Laune hat sich den Außentemperaturen angepasst und ist unter null gegangen. Fröstelnd ziehe ich den dicksten und ältesten Strickpulli über, den ich in meinem Schrank finden kann. „Damit wirst du dich in den Geschäften kaputt schwitzen!“, sagt Mudda, als ich zum Frühstückstisch geschlichen komme. Ach ja, heute ist ja das Happy-Family-Shopping. Ich bin nicht sicher, ob mich das retten wird. Vermutlich kann nicht mal der Oversize-Pulli mich wieder glücklich machen. Für wen soll ich mich auch schön anziehen? Ist doch alles hoffnungslos …

Pinky leite ich meine und deine SMS weiter mit den Worten: *Das war's wohl.* Sofort kommt ihre Antwort: *Oh nein! Aber das heißt noch nichts. Für heute Abend ist Notfallprogramm angesagt. Ich sage Gregor ab und komme zum DVD-Abend vorbei, o. k.? Dicken Schmatz! P*

Ich bin gerührt. Frisch verliebt ein Date abzusagen, um der besten Freundin die Taschentücher zu reichen – das ist meine Pinky! Eine wahre Freundin eben!

Ein bisschen heitert mich das auf. „Kann ich heute Abend deinen Laptop haben und mit Pinky DVDs schauen?“, frage ich Mudda, als wir alle mit der Bahn in die Stadt fahren. „Wenn's dich glücklich macht", gibt sie gereizt zurück. Die vielen Menschen mit ihren überfüllten Einkaufstüten machen sie schon jetzt nervös. Wie soll das erst in den Geschäften werden? Mudda wird einfach nie eine Shopping-Queen sein, auch wenn sie sich jetzt mit einem Lächeln dazu zwingt. „Vielleicht finden wir ja sogar noch einen netten Film im Sonderangebot für euch", fügt sie etwas versöhnlicher hinzu. Nur Papa ist fröhlich wie eh und je. Er hat so eine hässliche Norwegermütze mit Ohrenklappen auf, die Mudda ihm zum Nikolaus geschenkt hat, und grinst vor sich hin.

Hoffentlich sieht mich niemand mit ihm. Zum Glück steigen er und der Troll gleich an der Station vom Spielzeugland aus. Ich wüsste nämlich nicht, wie ich vertuschen könnte, dass es sich um meinen Vater handelt. „Wir sehen uns dann in zwei Stunden im Öko-Food!", ruft er, während er sich mit dem Troll zum Ausgang schiebt. „In zwei Stunden?" Ich starre Mudda entsetzt an. „Das ist viel zu kurz! Da schaffen wir höchstens drei Läden."

„Das reicht doch", gibt Mudda zurück, und ich hab's immer gewusst: Wir haben völlig verschiedene Vorstellungen vom Shoppen. Als Erstes gehen wir in eine der riesigen Buchhandlungen und ich suche mir in der DVD-Abteilung einen Liebesfilm für heute Abend aus. Puh, das wäre schon mal geschafft. Mudda blamiert mich dann doch noch an der Kasse, indem sie lauthals „Schrecklich, diese Massenvermarktung von Büchern“ stöhnt.

„Sie steht nur auf Filme!“, raune ich der Kassiererin zu, doch Mudda hat es gehört und gibt mir einen Rippenstoß. Als wir aus der Buchhandlung draußen sind, schleife ich sie zu meinem absoluten Lieblings-Klamottenladen. Ich hoffe, dass sie mir jetzt den Oversize-Pulli kauft, auch wenn es schwer werden wird. Der Laden ist nämlich etwas speziell. „Hi guys, what’s up!“, ruft ein junger Mann in Shorts und T-Shirt am Eingang und Mudda mustert ihn irritiert. Von drinnen dröhnt uns laute Musik entgegen und – nun ja, jetzt kommt die eigentliche Besonderheit des Ladens, die Mudda allerdings so gar nicht gefällt.

Das war’s auch schon. Ich habe den Oversize-Pulli natürlich nicht bekommen, weil Mudda sich weigert, etwas zu kaufen, das sie aufgrund der miserablen Lichtverhältnisse nicht erkennen kann. Sie hat total übertrieben – o. k., in den Umkleidekabinen ist das Licht so schummrig eingestellt, dass man im Spiegel auch im tiefsten Winter noch knackig braun wirkt. Und ja, auch die Farben sind nicht so eindeutig definierbar. Aber zu Hause sieht man dann ja, was man eingekauft hat, und dann kann man es zur Not wieder umtauschen. Dieses Argument hat bei Mudda nur leider nicht gezählt. Stattdessen geht sie mit mir zu so einem kleinen Laden mit Fairtrade-Biomode. Ich befürchte das Schlimmste. Für sich selbst kauft Mudda meistens nur bunte Leinenstoffe, sodass man ihr schon auf hundert Meter Entfernung ansieht, wie öko sie ist. Umso überraschter bin ich, als ich sehe, dass die Klamotten hier ganz normal aussehen, ja teilweise sogar richtig cool. Sie sind nur sündhaft teuer. „Nicht alles", sagt Mudda und zieht einen Kapuzenpulli hervor. „Hier, der ist auch nicht teurer als dein komischer Oversize-Pulli."

„Stimmt, der sieht ganz cool aus", gebe ich zu. Ich entdecke noch einen grauen Pulli mit grünen Elefanten drauf. Das Muster ist ganz eng angelegt, sodass man die Elefanten nur bei genauem Hinsehen erkennt. „Der gefällt mir auch!" Einen der beiden Pullis darf ich mir aussuchen und ich nehme den mit den Elefanten. Ohne mit der Wimper zu zucken, kauft Mudda mir den Pulli und sagt, dass er schon für Weihnachten ist. Danach quälen wir uns noch durch ein Reformhaus, selbst das ist heute überfüllt. Wir kaufen Konfekt und ein biologisch einwandfreies Parfüm ohne Zusatzstoffe für Oma Marion, die uns über Weihnachten besuchen kommt. Mittendrin schaue ich auf mein Handy und sehe, dass Julia mir das Schlittschuhlaufen abgesagt hat. Ist mir total recht, das würde mich doch nur an die vermasselte SMS erinnern. *Sehen wir uns morgen im Schwimmbad?*, schreibt Julia noch, und weil ich sonst nichts zu tun habe, sage ich zu. Da kommen dann ja auch noch andere, vielleicht sogar du? Obwohl ich gerade nicht so genau weiß, ob ich dir überhaupt begegnen möchte.

In ihrem Lieblings-Indie-Laden nimmt Mudda noch Kerzen und ein weihnachtliches Duftöl mit. „So, dann haben wir es doch!“, strahlt sie, als die zwei Stunden auch schon um sind. Wir haben tatsächlich vier Läden geschafft! Mein Lieblingsladen zählt nicht, schließlich waren wir da keine drei Minuten drinnen.

Als wir zum Öko-Food-Imbiss kommen, sind Papa und der Troll schon da. Sie haben keine einzige Einkaufstüte, dafür aber beide ein breites Grinsen im Gesicht. „Sagt bloß, ihr habt die ganze Zeit Playstation im Spielzeugland gespielt?“, fragt Mudda ungläubig. Papa schüttelt den Kopf. „Nicht nur. Ihr glaubt ja nicht, wo wir waren …“, sagt er geheimnisvoll.

„An der Sternwarte!“, platzt der Troll heraus, aber Papa hält ihm schnell den Mund zu, damit er nicht weiterplappert.

Mehr ist nicht aus ihnen herauszukriegen. Obwohl Mudda und

ich jetzt natürlich extrem gern wissen würden, was die beiden am helllichten Tage bei der Sternwarte gemacht haben, schweigen sie wie zwei jahrtausendealte Gesteinsbrocken. Dafür breiten Mudda und ich unsere Errungenschaften aus und Papa und der Troll bewundern meinen Elefanten-Pulli. Er kommt richtig gut an und ich beschließe, dass ich Elefanten viel cooler finde als Nashörner. Papa freut sich, dass Mudda ein Geschenk für seine Mutter gekauft hat, obwohl sie und Oma Marion sich nicht besonders leiden können. Aber an Weihnachten reißen sich die beiden zusammen – so gut es halt geht …

Nachdem wir alle unsere Veggie-Burger gefuttert haben (die packen da bei Öko-Food ganz viel Antipasti-Gemüse drauf – voll lecker!), sagt Mudda plötzlich: „So, wer möchte, kann jetzt noch mal allein losziehen. Du natürlich nicht, Tim“, fügt sie hinzu, als der Troll begeistert aufspringt. Geschieht ihm recht – mit neun Jahren durfte ich auch noch nicht allein in der Stadt rumlaufen.

„O. k., dann bis später“, sage ich und bin auch schon weg.

Ein wenig ziellos lasse ich mich durch die Straßen treiben. Seit Mudda mir vor Kurzem erklärt hat, dass die ganzen billigen Klamotten, die mir so gut gefallen, irgendwo in armen Ländern unter schlimmen Bedingungen hergestellt werden, fällt es mir schwer, in die richtig günstigen Läden zu gehen. Die teuren kann ich mir allerdings nicht leisten. Ein echtes Dilemma! Deshalb gehe ich jetzt öfter in Secondhandläden … und siehe da, in einem der Läden finde ich einen schönen gebrauchten Jeansrock. Für den Troll kaufe ich eine coole schwarze Bommelmütze mit ganz feinen Silberfäden drin, aber die fallen kaum auf. Jetzt fehlen mir noch Weihnachtsgeschenke für

Oma, Mudda und Papa. Mudda und Papa bekommen etwas zusammen, schließlich sind sie gerade wieder unzertrennlich. Ich habe auch schon eine Idee. Mudda hat letztens von einem Doku-Film erzählt, den sie gern mal gucken würde. Er handelt von Bhutan, dem einzigen Land auf der Welt, in dem es ein Bruttonationalglück gibt. Das bedeutet, die Regierung tut alles dafür, dass ihr Volk glücklich ist. Keine Ahnung, wie sie das macht, vielleicht schaue ich mir den Film dann auch mal an. Ich gehe zurück zu der großen Buchhandlung vom Anfang und frage nach dem Film. In der hintersten Ecke haben sie ein Exemplar vorrätig, Glück gehabt. Auf dem Weg zur Kasse entdecke ich auf einem Tisch noch einen Fotohalter mit mehreren Clips, den ich für Oma Marion mitnehme. Es ist genau das richtige Geschenk, sie liebt Fotos nämlich über alles. Ich bin mir leider schon jetzt sicher, dass wir uns an Weihnachten wieder 200 neue Bilder von ihr anschauen müssen.

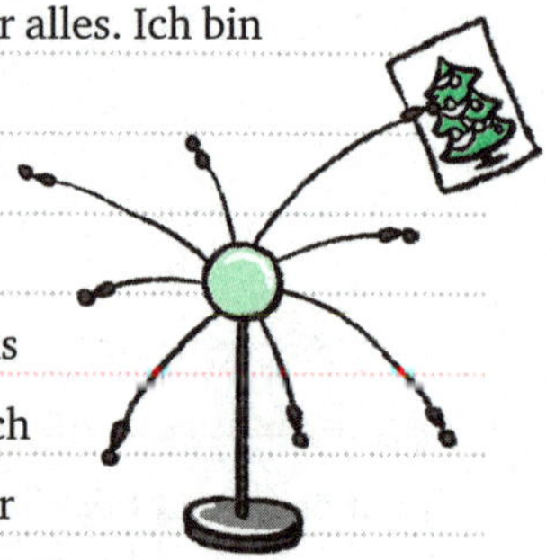

Weihnachtsgeschenke gehen ganz schön ins Geld, stelle ich in der Bahn nach Hause fest. Ich bin wirklich froh, dass Pinky und ich schon vor einer Weile vereinbart haben, dass wir uns nichts an Weihnachten schenken. Nur an Geburtstagen. Ich freu mich schon, wenn Pinky heut Abend zu mir kommt.

Gerade ist Pinky wieder gegangen. Ein bisschen fühle ich mich besser, denn sie hat es tatsächlich geschafft, mich davon zu überzeugen, dass deine SMS nicht so fies gemeint war, wie ich dachte. „Vermutlich hat sich Jan von dir überrumpelt gefühlt", sagt sie. „Da antworten Jungs schon mal so komisch …"

„Meinst du wirklich?", frage ich skeptisch.

Pinky ist sich ganz sicher. „Wir brauchen einen anderen Plan, einen, den er nicht so leicht durchschaut. Darüber muss ich aber in aller Ruhe noch mal nachdenken. Jedenfalls bin ich froh, dass ich heute Abend zu dir kommen konnte."

„Wieso?" Kriselt es etwa schon nach so kurzer Zeit mit Gregor? Das würde mir ehrlich leidtun.

„Ach, Gregor macht heute was mit seinen Freunden", sagt Pinky. „Und auf die hatte ich absolut keine Lust."

Ich kenne Gregors Freunde nicht, aber wenn Pinky sie nicht mag, müssen sie echt schlimm sein. „Was ist denn mit denen?", erkundige ich mich neugierig, doch Pinky zuckt nur mit den Schultern. „Keine Ahnung. Irgendwie komm ich mit denen nicht so klar. Die sind alle schon um die 18 und tun megacool. Weißt du, wie die mich genannt haben? Jedes Mal haben sie *Hello Kitty* zur Begrüßung gerufen, so als wäre ich noch ein Baby, und nur wegen der pinken Strähne …"

Mir bleibt kurz die Luft weg. Wer will schon wie ein Kätzchen mit rosa Schleifchen genannt werden? Pinky jedenfalls nicht und ich kann verstehen, dass sie das nicht witzig findet. Vor allem, wenn sie die Leute nicht so leiden kann. „Die sind ja voll gemein!", rufe ich. „Hast du dir deshalb deine Strähne umgefärbt?"

Pinky nickt. „Seitdem sind sie etwas netter, aber blöd finde ich sie trotzdem. Ach, auch egal.“ Sie winkt ab und wechselt schnell das Thema. Auf einmal hat sie nämlich den Brief an dich, also dieses Buch hier, auf meinem Schreibtisch entdeckt. „Schreibst du etwa immer noch den ultralangen Liebesbrief an Jan?“, fragt sie ein wenig ungläubig.

„Na und?“, erwidere ich unwirsch. „Ich brauch das halt …“

„Und die süßen Nashörner zeichnest du auch noch?“ Jetzt klingt Pinky begeisterter. Sie hat einen meiner Nashorn-Comics gesehen, den ich heute Nachmittag probehalber für die Schülerzeitung skizziert habe. So richtig ist er mir aber nicht gelungen. „Ich bin nicht so gut auf meine Nashörner zu sprechen“, sage ich. „Ist was Persönliches zwischen ihnen und mir.“

Pinky lacht und fragt nicht weiter nach. Dann schalten wir den Laptop ein, reißen eine Tüte Chips auf und gucken uns den Liebesfilm an.

Wir mussten beide voll heulen, obwohl wir doch genau wussten, dass es gut ausgeht. Pinkys Theorie ist, dass man bei solchen Filmen heulen muss, weil sie so unrealistisch sind und man genau weiß, dass es im echten Leben nie so sein wird. Könnte was dran sein …

Sonntag, 22. Dezember

Als ich heute Vormittag ins Hallenbad kam, warst du nicht da. Ich war geradezu erleichtert, denn erstens bin ich immer noch nicht so gut auf dich zu sprechen, Jan. Und zweitens hat Pinky mir noch nicht ihren Plan offenbart, wie wir dich aus der Reserve locken, ohne dass du Lunte riechst. Pinky hat sich heute überhaupt nicht bei mir gemeldet. Hoffentlich sind ihr nicht die Ideen ausgegangen …

Na ja, auf jeden Fall sind Paula und Julia schon da, und auch Frido und Yasar. Toll, hätte ich gewusst, dass das hier so ein Pärchenschwimmen wird, wäre ich echt zu Hause geblieben – ich fühle mich wie das fünfte Rad am Wagen. Allerdings nicht lange, denn Yasar albert die ganze Zeit mit mir herum. Erst will er mit mir ein Wettklettern an der Felswand machen, das er natürlich haushoch gewinnt (auch, weil ich gar nicht daran teilnehme). Dann lässt er sich von oben ins Wasser fallen und ich bekomme eine riesige Welle ab. Na warte! Ich will ihn wenigstens mal so richtig tunken, da schnappt er mich und wirft mich durchs Becken. Ich kann nicht anders – ich quieke wie ein Schwein! Ein bisschen peinlich ist mir das vor Julia schon. Sie guckt auch irgendwie eifersüchtig. Aber zum Glück macht Yasar das Gleiche mit ihr und schmeißt sie ebenfalls durchs Wasser. Und Julia kreischt auch mindestens in der gleichen Tonhöhe wie ich!

Frido fragt Paula, ob er am Kiosk ein paar Gummitierchen für sie kaufen soll, doch Paula sitzt ein wenig beleidigt am Beckenrand. Vielleicht hätte sie ja gern, dass Frido sie auch mal so durchs Wasser wirbelt. „Mensch, Frido, denk doch nicht immer nur ans Essen!“, schimpft sie. „Los, wir schwimmen jetzt 1.000 Meter.“

„Oh, da mach ich mit!“, ruft Julia und schaut abwartend zu Yasar. „Du auch?“

Yasar schüttelt den Kopf. „Nee, kein Bock. Ich geh zu den Sprungbrettern."

Vom Dreimeterbrett versucht er einen Salto, der jedoch missglückt. Er schlägt mit dem Bauch auf dem Wasser auf. Au, das hat bestimmt wehgetan. Grinsend reibt er sich den Bauch und geht erst mal aus dem Wasser. Ich setze mich zu ihm auf eine Stufe am Rand und wir unterhalten uns. Eigentlich über ganz belanglose Sachen, über die Schule, die letzte Theateraufführung, nichts Besonderes, bis ich eine anscheinend verfängliche Frage stelle.

Julia und Yasar sind also kein Paar. Die beiden haben sich einfach angefreundet. Sagt zumindest Yasar. Da haben Pinky und ich wohl irgendwas falsch gedeutet. „Ihr Mädels seid echt bekloppt!", meint Yasar gnadenlos und tippt sich an die Stirn. „Ihr habt doch auch keine anderen Interessen, als euch den ganzen Tag zu überlegen, wer mit wem zusammen sein könnte." Ich gucke wohl ziemlich schuldbewusst, denn plötzlich legt er seinen Arm um mich. „Na komm, jetzt heul nicht gleich rum." Und dann schnappt er mich auch schon wieder und schmeißt mich in hohem Bogen ins Wasser. Prustend tauche ich an die Oberfläche. „Damit du es nur weißt", rufe ich. „Ich interessiere mich für Comics, Filme, Mode und Schmuck! Und für Lesen und Umweltschutz", füge ich noch hinzu, damit auch etwas Gehaltvolles dabei ist. Yasar kommt lachend angekrault. „Ey, das war doch nur Spaß", meint er. „Ich weiß doch, dass du voll schlau bist."

Oh – ich kann es nicht anders beschreiben – mein Herz macht bei diesem Kompliment einen kleinen Hüpfer. Es ist, als würde ein Nashorn von ganz weit unten angetaucht kommen und mich sachte stupsen.

Montag, 23. Dezember

Was machst du eigentlich an Silvester, Jan? Ich vermute mal, dass du auch auf die Riesenparty von Kröten-Caro gehst – so wie alle. Alle, außer Pinky und mir. Wir sind nämlich nicht eingeladen und das hat Kröten-Caro so richtig ausgekostet.

Da hat sie mal wieder ihr wahres Gesicht gezeigt, die fiese Kröte. Zum Glück machen Pinky und ich unsere eigene Silvesterparty. Pinky weiß nur noch nichts davon, aber ich denke mal, das geht klar. Soviel ich weiß, fliegen ihre Eltern am 29. Dezember auf die Balearen und sie hat keine Lust, mitzufahren.

„Silvester machen wir mal wieder so einen richtig schönen Familien-Spieleabend!“, sagt Papa beim Mittagessen wie aus heiterem Himmel. Irgendwie haben meine Eltern beim Essen immer die komischsten Einfälle. Einen Spieleabend haben wir mal vor fünf Jahren gemacht und dann nie wieder, weil der Troll die Uno-Karten zerrissen hat und später fast an einer Spielfigur erstickt wäre. Er fand es lustig, die Figur auf seine Zunge zu setzen und dann im hohen Bogen auszuspucken. Na, und einmal ist die Figur dann nach hinten gekullert und er hat nur noch rumgeröchelt, bis Mudda sie ihm glücklicherweise wieder rausschlagen konnte. Sie hat ihn gepackt, kopfüber gehalten und so lange auf seinen Rücken gehauen, bis der Troll den kleinen Pöppel wieder ausgespuckt hat. Das waren vielleicht Schrecksekunden! Aber daran erinnert sich hier gerade keiner außer mir. Jedenfalls nicht an den Schrecken. „Jetzt sind wir ja alle groß genug, dass wir uns nichts mehr in den Mund stecken", meint Papa grinsend.

„Ich bin an Silvester übrigens nicht da", gebe ich sehr bestimmt von mir.

„Wer sagt das?", fragt Mudda überrascht.

„Ich! Pinky gibt ein kleines Fest bei sich zu Hause und da bin ich natürlich eingeladen." O. k., ich hoffe oder nehme mal stark an, dass es ein kleines Fest wird.

Mudda wischt sich mit ihrer Stoffserviette den Mund ab und lacht amüsiert. „Na dann … Pinkys Feste sind ja berüchtigt. Soll ich dich wieder um neun Uhr abholen?"

An Pinkys Geburtstag vor zwei Monaten bin ich schon um neun

Uhr von der Party abgehauen, weil Pinky mit Yasar rumgeknutscht hat. Ich hab total überreagiert, aber das ist eine andere Geschichte. Nur Mudda macht sich noch heute darüber lustig. Total gemein!

Wütend blinke ich sie an. „Zufällig ist das diesmal wirklich nur was Kleines. Aber ich würde da gern hin. Schließlich werde ich in nicht mal zwei Monaten 14. Also müsst ihr mir das wohl erlauben."

„Wir müssen?" Überrascht sehen sich Papa und Mudda an. Ich erwarte eine längere Diskussion und habe mir schon ein paar schlagkräftige Argumente überlegt: dass man das Jahr friedlich ausklingen lassen sollte und dass es kein schöner Jahreswechsel für sie wäre, wenn wir ihn gemeinsam verbringen. Doch zu meiner Verblüffung geben die beiden sofort nach und erlauben mir, Silvester bei Pinky zu feiern.

„Aber um Punkt eins ist Schluss, junge Dame“, sagt Papa nur. „Dann hole ich dich ab.“ Jetzt bin ich wirklich baff – vielleicht haben meine Freundinnen ja doch recht und meine Eltern sind cooler, als ich es wahrhaben will.

Pinky hat mir gerade geschrieben. Ihre Eltern sind jetzt da und nehmen sie voll in Beschlag. An Weihnachten scheinen sie sich daran zu erinnern, dass Sie eine Tochter haben. Deshalb schafft Pinky es leider erst mal nicht, über den Plan nachzudenken, wie du auf die Idee kommen könntest, mit mir Zeit verbringen zu wollen. *Nach Weihnachten habe ich aber auf jeden Fall eine Lösung* steht da noch. Na, dann dir auch frohe Weihnachten, Pinky!

Dienstag, 24. Dezember

O. k., vielleicht wird das nicht das allerbeste Weihnachten – aber das allerschlimmste wird es auch nicht. Ich lag heute Morgen noch im Tiefschlaf, da klingelt es lang und anhaltend an unserer Wohnungstür. Kann da nicht mal jemand aufmachen?, denke ich und lege schlaftrunken mein Kissen aufs Ohr. Doch das Klingeln geht erbarmungslos weiter. Und plötzlich passiert das:

Leider war das nur ein schöner Traum, denn natürlich würdest du mir nie ein Geschenk vor die Tür legen. Ich vermute mal, schon allein weil du gar nicht wüsstest, was du mir schenken könntest. Jungs sollen da ja nicht so einfallsreich sein, hab ich mal gehört.

Na ja, an der Tür hat es aber wirklich geklingelt, und zwar war es Oma Marion. Die wird nun über die Weihnachtstage bei uns wohnen. Nicht direkt bei uns, denn dafür ist unsere Wohnung zu klein. Sie wird in der Wohnung untendrunter schlafen, wo Papa gehaust hat, als Mudda und er kurzzeitig getrennt waren. Die Wohnung ist noch nicht neu vermietet, weil der Vermieter auf die Kündigungsfrist besteht. Deshalb muss Papa noch bis Ende Februar weiter Miete zahlen! Eigentlich voll fies, aber in diesem Fall gar nicht so schlecht, weil Oma dann über Weihnachten eine eigene Wohnung hat.

Oma Marion steht jetzt in meinem Zimmer und ist empört, dass ich am Heiligen Abend noch im Bett liege. „Es ist doch noch gar nicht Abend“, brummele ich müde und will mich zurück in meinen wunderbaren Traum kuscheln. Da ist die Welt viel schöner …

„Genau, und bevor wieder Abend ist, solltest du die Zeit ein bisschen nutzen und leben. Was bist du nur für ein verpennter Teenager …“, stellt Oma kopfschüttelnd fest.

„Lass sie am besten in Ruhe, sie ist gerade in ihrer pubertären Trotzphase“, ruft Mudda von draußen herein und ich ziehe mir genervt die Decke über den Kopf. Von weihnachtlicher Nächstenliebe spüre ich jedenfalls in dieser Familie noch nichts. Aber gut, ich weiß ja, was dieser Satz von Mudda an Oma übersetzt eigentlich bedeutet: *Du blöde Kuh, kapierst du nicht, dass man so nicht mit Kindern in der Pubertät redet? Schon gar nicht mit meiner Tochter!* Weil wir heute aber Weihnachten haben, tut Mudda so, als würde sie Oma unterstützen, und fügt noch hinzu: „Lea kann ruhig ausschlafen, wir kaufen dann halt ohne sie den Baum.“

Mit einem Satz springe ich aus dem Bett. Der Christbaumkauf hat in unserer Familie eine besondere Tradition. Jedes Jahr fahren wir auf den letzten Drücker am 24. Dezember zur immer gleichen Gärtnerei am Stadtrand. Dort steht dann nur noch eine Handvoll verkümmerter Tannenbäume herum und unter denen suchen wir den allerschäbigsten aus. Denn darin sind sich unsere Familienmitglieder ausnahmsweise mal einig: Auch der mickrigste Tannenbaum hat ein rauschendes Fest verdient und muss von uns gerettet werden. Das ist unsere gute Tat zu Weihnachten! Nur Oma Marion wettert dagegen: „Das verstehe ich nicht. Ihr könnt doch genauso gut den retten, der noch ein paar Nadeln mehr hat!“

„Aber Mutti“, erwidert Papa. „Die schönen Bäume wollen doch schon alle anderen *retten*! Aber diesen hier – den will keiner und dem geben wir ein schönes Zuhause.“ Und er lächelt so stolz, als hätte er soeben den Friedensnobelpreis erhalten.

Mittags schmücken der Troll und ich das krumme Tannenbaumgerippe. Die drei Erwachsenen glauben, in der Zwischenzeit gemeinsam das Essen zubereiten zu können – ich wusste gleich, dass das nicht funktionieren wird. „Wo hast du denn die Gans versteckt?“, höre ich Oma Marion zuckersüß flöten. „Welche Gans?“, erwidert Mudda. „Meinst du, ich kaufe so ein gemästetes Tier aus Massentierhaltung?“

„Aber an Weihnachten muss doch eine Gans auf den Tisch“, sagt Oma und Papa seufzt: „Wie oft feierst du nun bei uns, Mutti?“

„Ja, fall mir nur in den Rücken! Ich dachte, wenigstens dieses Jahr gäbe es mal etwas Vernünftiges zu essen.“

„Aber natürlich“, antwortet Mudda mit einer Honigstimme. „Da das Essen die letzten Jahre immer so schlecht war, probiere ich diesmal etwas ganz Neues aus. Und zwar vegan!“

„VEGAN?“ Oma Marion schreit, als wäre sie kurz vor einer Ohnmacht. „Wie soll denn etwas aus euren Kindern werden, wenn ihr ihnen sämtliche tierischen Eiweiße vorenthaltet?“

„Erstens“, beginnt Mudda und klingt nun um einiges schärfer,

„bekommen unsere Kinder einmal die Woche ein Stück Biofleisch von glücklichen Tieren – und das ist vollkommen ausreichend! – und zweitens ist das vegane Essen sehr lecker. Diese Zutaten hier haben mich außerdem ein kleines Vermögen gekostet!“

„Selber schuld!“, keift Oma und nun ist das Gezeter nicht mehr aufzuhalten. Papa kommt achselzuckend aus der Küche.

Schließlich endet der Streit in der Küche wie immer mit Omas Lieblingssatz: „Ohne Worte!“ So kommt sie aus der Küche gestürzt und sagt dann aber doch noch: „Ich gehe in den Gottesdienst. Möchte jemand mit?“

Der Troll und ich wenden uns schnell wieder unserem geretteten Tannenbaum zu und Papa sagt nur, dass ihm danach nun wirklich nicht der Kopf stehe. Daraufhin zieht Oma noch beleidigter ab. „Tolle Weihnachten“, flüstere ich.

„Immer noch besser als Schule“, brummt der Troll und ich weiß nicht, was ich davon halten soll. Also, ich wäre jetzt lieber in der Schule, dann würde ich dich vielleicht auf dem Pausenhof sehen, Jan, und – ach so, ich habe ganz vergessen, dass ich sauer auf dich bin und dich gar nicht sehen möchte.

Als Oma eineinhalb Stunden später aus dem Kindergottesdienst wiederkommt, ist sie viel besser drauf. Der Baum erstrahlt im schönsten Glanz und aus der Küche duftet es sogar richtig gut! Ich habe zur Feier des Tages meinen neuen Jeansrock und den Elefantenpulli angezogen. Langsam wird es auch schon dunkel – Zeit für die Bescherung.

„In zehn Minuten können wir essen!“, ruft Mudda aus der Küche.

„Wir müssen noch unsere Geschenke hinlegen“, sage ich.

„Habe ich euch eigentlich schon meine neuesten Fotos gezeigt?“, fragt Oma dazwischen.

„Jetzt machen wir erst mal ein schönes Familienfoto! Kommt ihr bitte alle und stellt euch vor dem Baum auf!“ Papa positioniert seine Digitalkamera auf der Sofalehne, wo sie leicht hin- und herschwankt. Dann drückt er den Selbstauslöser. „Mudda, schnell!“, schreit der Troll. „Papa hat schon auf den Knopf gedrückt, du hast noch zehn Sekunden!“

Mudda kommt aus der Küche gestürzt, im Laufen will sie sich noch die Schürze ausziehen, doch sie schafft es nicht mehr richtig, da blitzt es auch schon und heraus kommt wieder eines unserer grandiosen verwackelten Weihnachtsfotos, das Papa auf keinen Fall löschen wird, weil es so *wirklichkeitsnah* ist …

Wir haben ein ganzes Album voll mit solchen Familienbildern. Mudda und Papa sind da geradezu stolz darauf. Nach dem Weihnachtsfoto singen wir zusammen ein schiefes „Kling, Glöckchen, klingelingeling", das Mudda mit einem gestressten „Mein Essen!" abbricht. „Legt doch mal die Weihnachts-CD von Hans Goldeisen auf", sagt Oma, aber die will keiner hören und Papa macht stattdessen weihnachtliche Jazzmusik an.

Schließlich holen wir alle unsere Geschenke herbei. Die von Mudda und Papa sind in Zeitungspapier eingewickelt, auf die Mudda eigenhändig Sterne gemalt hat. Sehr originell! Ich habe wenigstens Ökopapier genommen. Aber ich will mich nicht beschweren – Hauptsache, es ist was Gutes drin. Wobei – auf meinem Platz liegen nur zwei Pakete von ihnen: ein dickes und ein schmaleres. Außerdem noch eines von Oma Marion und ein kleines vom Troll.

Zuerst lassen wir uns allerdings die Tofu-Ente mit leckerem Grillgemüse und Reis schmecken. Selbst Oma Marion gibt zu, dass es ihr *ganz vorzüglich mundet*, und Mudda grinst stolz. „Ich frage mich nur, warum man einen Enten-Ersatz verwenden muss", schiebt Oma noch hinterher, aber keiner geht darauf ein.

Endlich dürfen wir auspacken. In dem ersten Paket von Mudda und Papa ist der andere Pulli aus dem Fairtrade-Laden und dazu noch ein weißes Shirt mit dunklen fliegenden Vögeln drauf. Das gefällt mir sehr gut und ich freue mich. Das schmalere Geschenk ist aber noch viel besser! Als ich das Zeitungspapier herunterreiße, kommt Muddas Laptop zum Vorschein. Ich jubele, endlich muss ich nicht mehr fragen und kann das Ding benutzen, wann und sooft ich will. Mudda sagt, dass sie sich für ihren Esoterik-Laden, den sie nächstes Jahr zusammen mit ihrer Freundin Gaby eröffnet, einen neuen Laptop kaufen wird. „Den kann ich dann von den Steuern absetzen", meint sie. Und dann fügt sie doch tatsächlich noch etwas UNGLAUBLICHES hinzu: „Den Internetzugang haben wir aber noch mal ausgeschaltet."

Ich fass es nicht! Was soll ich bitte schön mit einem eigenen Laptop, wenn ich damit nicht ins Internet darf? „Nein, dafür bist du wirklich noch zu jung", sagt auch Papa. Bis gerade eben fand ich den Heiligen Abend mit meiner Familie ganz nett – also, bevor Mudda und Papa mich wie ein Baby behandelt haben … die beiden Geschenke vom Troll und von Oma können den Abend leider auch nicht mehr geraderücken. Der Troll schenkt mir so eine blöde Star-Wars-Figur aus dem Spielzeugland. Bestimmt hat er von vornherein darauf spekuliert, dass ich sie nicht brauchen kann. „Na und, die Tussi-Mütze von dir ist auch total bescheuert!", mault er. „Gar nicht wahr, die ist voll cool!", entgegne ich. Ohne ein weiteres Wort tauschen wir unsere beiden Geschenke wieder. Ich reiße das letzte Päckchen auf, das von Oma Marion, und jetzt kommt das Allerhärteste. Es sieht aus wie ein überdimensionaler Strampelanzug – nein, falsch. Es IST ein überdimensionaler STRAMPELANZUG. „Oma Marion!", kreische ich außer mir vor … ja, Oma Marion denkt, es ist Freude. „Schön, nicht wahr?", nickt sie lächelnd. „Er ist sogar aus Biobaumwolle. Ich weiß doch, dass ihr darauf Wert legt. In dem Geschäft war so ein Mädchen in deinem Alter, das hat mir gesagt, dass diese Anzüge jetzt der letzte Schrei sind. Ich habe mir schon gedacht, dass du dich freuen wirst. Aber dass du so ausflippst – nein, Lea, wirklich, ich bin so froh. Da habe ich wohl genau das Richtige erwischt: Komm, schlüpf mal rein."

Was soll ich machen? Ich will Oma Marion nicht enttäuschen und ziehe das Ding an. Da es übergroß ist, passt es über meine eigentlichen Klamotten locker drüber. Ich sehe an mir herunter. „Gemütlich", murmle ich, weil es das Einzige ist, was mir Positives dazu einfällt. Die anderen betrachten mich peinlich berührt. Nicht mal Mudda traut sich, Oma Marion für diesen Griff ins Klo zu rügen. Schließlich ist Weihnachten und Oma hat es nur gut gemeint.

„So, dann wollen wir doch mal die restlichen Geschenke auspacken", lenkt Papa schnell ab und überreicht Mudda einen großen quadratischen Umschlag. Neugierig öffnet sie ihn, doch ihr Lächeln gefriert schlagartig auf ihrem Gesicht, als sie erkennt, was es ist. „Ein Stern?", fragt sie. „Du schenkst mir einen Stern?"

„Auf die Idee habe ich ihn gebracht", kommt es von Oma Marion und Papa grinst stolz. „Als Astrologin, dachte ich, brauchst du deine eigene Sternpatenschaft", sagt er. „Ich habe ihn bei der Sternwarte gekauft. Das Geld verwenden sie für die Astronomieforschung, ich habe extra nachgefragt. Wir können uns den Stern sogar über ein Teleskop zeigen lassen. Ich habe schon einen Termin auf der Sternwarte für Anfang Januar ausgemacht. Vorher war leider nichts mehr frei."

„Wie romantisch“, flüstert Mudda, aber sie sieht nicht wirklich glücklich aus. Oder sagen wir mal, sie sieht aus, als könne sie sich nicht entscheiden, ob ihr der Stern nun gefällt oder nicht. Im Gegenzug überreicht sie Papa ein Geschenk, das bei ihm noch sehr viel mehr Widerwillen hervorruft. Es ist nämlich eine Spardose. An sich noch nichts Schlimmes, denn Papa ist ja ein Sparfuchs. Aber die Spardose ist ein Buddha. „Weil du doch jetzt so gern mit mir meditierst!“, strahlt Mudda ihn an. „Und weil wir doch in den Osterferien nach Nepal fliegen wollen.“ In Nepal leben Muddas Eltern, und zwar in einem buddhistischen Kloster auf einem Berg. Dorthin sind sie vor einigen Jahren ausgewandert und wir sehen sie nur extrem selten. Papa nimmt Mudda stumm in den Arm. „Stimmt, für die Reise zu deinen Eltern müssen wir noch ein bisschen sparen“, sagt er nur.

Über meine DVD mit dem Bhutan-Film haben sich Mudda und Papa übrigens riesig gefreut!

Oma Marion hat inzwischen auch meinen Fotohalter, das Konfekt und das Ökoparfüm ausgepackt und bedankt sich artig. Dann zieht sie noch ein kleines Geschenk hervor. Für wen das wohl ist? „Das schenke ich mir selbst“, verkündet sie freudestrahlend und entfernt das Papier. Es ist ein Smartphone – Oma Marion schenkt sich selbst ein Smartphone! So etwas habe nicht mal ich, obwohl ich mir ganz dringend eines wünsche! Neidisch schaue ich auf den Karton. „Kannst du damit denn umgehen?“, frage ich hoffnungsvoll. Vielleicht sagt sie ja gleich: *Lea, stimmt, das habe ich gar nicht bedacht. In meinem Alter ist so etwas viel zu schwer zu bedienen. Nimm du es.*

Leider sagt sie nur: „Natürlich! Ich habe mir im Laden alles zeigen lassen. Es ist kinderleicht, wenn man es erst mal weiß. Ich kann damit jederzeit ins Internet, das ist einfach fantastisch."

Ich nicke noch viel neidischer. Ja, das stimmt! Ins Internet zu können ist einfach ein TRAUM! Oma zeigt uns gleich mal, wie gut sie schon Selfies machen kann.

„Ich habe auch noch ein Geschenk für die ganze Familie", sagt Papa plötzlich. Und dann zieht er hinter dem Sofakissen ein Tablet hervor!

„Das ist doch viel zu teuer!", ruft Mudda und schlägt die Hände zusammen.

„Cool!", ruft der Troll.

„Ich nehme an, das Internet ist ausgeschaltet", ist mein einziger Kommentar. Papa sieht mich irritiert an. „Nein, aber ich möchte natürlich, dass ihr mich fragt, bevor ihr an das Gerät geht. Am besten benutzen wir es immer nur gemeinsam." Und er wischt vorsichtig mit dem Ärmel seines Pullis über den Bildschirm. „Ihr werdet sehen, das Tablet wird unsere Familie auf eine ganz neue Weise bereichern."

„Ganz bestimmt", sagt Mudda kopfschüttelnd. Und Oma lacht stolz: „Das ist mein Sohn! Genauso modern wie ich. Der Apfel fällt eben nicht weit vom Stamm!"

Mittwoch, 25. Dezember

Findest du die Tage zwischen den Jahren auch immer so schrecklich langweilig, Jan? Keiner deiner Freunde hat Zeit für dich, weil jeder bei seiner Familie und der halben Verwandtschaft sein muss. Unsere Verwandtschaft besteht aus Muddas Eltern, die wie jedes Jahr nicht aus Nepal angereist kommen, da sie vom christlichen Weihnachtsfest sowieso nichts halten. Außerdem gibt es da noch Tante Conny, das ist die Schwester von Papa und ein großes Gesangstalent, wie Oma Marion nicht müde wird zu betonen. Immerhin hat es Tante Conny geschafft, Backgroundsängerin von Hans Goldeisen zu werden. Du kennst Hans Goldeisen nicht, Jan? Mach dir nichts draus, er ist ein E-Promi-Schlagerstar, der sicher bald noch weiter im Alphabet sinken wird.

Jedenfalls hat Tante Conny auch dieses Jahr wieder Fotos von ihrer letzten Tournee geschickt und sich entschuldigt, dass sie schon wieder nicht am Heiligen Abend bei uns sein kann. Oma Marion hat uns heute nach dem Mittagessen alle 248 Bilder auf die Augen gedrückt. Überall sind nur überbelichtete Konzertbühnen, verschwommene Menschenmengen oder eben Hans Goldeisen in Aktion zu sehen. Dazu müssen wir uns das neue Album von ihm anhören … ich sag nur: Ohrenkrebs. „Entzückend, nicht wahr?!“, ruft Oma und ihre Stimme überschlägt sich fast vor Begeisterung. „Guckt mal, auf diesem Foto hier ist Conny zusammen mit Hans zu sehen. Er hat es sogar persönlich signiert und wünscht uns frohe Weihnachten, ist das nicht nett?“

Ah ja. Tante Conny mal wieder, wie sie leibt und lebt. Nämlich als gesichtsloses Wesen neben diesem untalentierten Sänger. Ich verkneife mir allerdings jeglichen Kommentar, so wie alle meine Familienmitglieder, denn es ist – ja, genau: WEIHNACHTEN!

Es gibt dann auch gleich noch ein Geschenk für uns. Oma Marion fällt nämlich plötzlich ein, dass Tante Conny mit Hans Goldeisen im Januar in unserer Stadt auftreten wird. Und dafür hat Tante Conny zehn Freikarten geschickt. Sie freut sich schon, uns zu sehen. „Ohne mich!", entfährt es mir, aber Oma Marion beschwichtigt mich. „Das ist ein Familien-Festival, Lea-Maus, da kommen Bands für alle Altersgruppen. Deine Lieblingsband ist auch dabei. Wie heißt sie noch gleich? Irgendwas mit Silber …"

„Silbermond?", frage ich hoffnungsvoll, denn das ist in der Tat meine absolute Lieblingsband. Oma nickt. „Ja, genau, Silbermond! Das wird euch allen gefallen."

Papa und Mudda gucken sich lächelnd an und auch der Troll sieht nicht abgeneigt aus. „Ein Mehr-Generationen-Festival, das klingt gut", meint Papa und ich bin etwas beruhigt. Wenn so eine Band wie Silbermond dort auftritt, muss es wirklich ein anständiges Festival sein. Mir ist allerdings unbegreiflich, wie es Hans Goldeisen dann dorthin geschafft hat. Aber für die Omi-Fraktion muss es ja auch etwas geben. „Schön, dann gehen wir da alle zusammen hin", sagt

Oma Marion zufrieden. „Lea, lade doch noch ein paar Schulfreunde ein, wir haben ja noch fünf Freikarten übrig!“

„Ich will auch welche einladen!“, ruft der Troll. Schließlich einigen wir uns, dass ich drei Freunde einladen darf und der Troll zwei, weil ich älter bin. Tja! Große Schwester zu sein muss ja auch mal einen Vorteil haben. Grinsend strecke ich dem Troll die Zunge heraus.

Doch wen soll ich einladen? Pinky ist klar, vielleicht noch Paula und Julia? Das wäre am logischsten. Aber wenn ich ehrlich bin, würde ich natürlich am liebsten dich zu dem Konzert mitnehmen, Jan. Ich könnte auch noch Yasar fragen, dann ist es vielleicht nicht so auffällig, und es fällt dir leichter, zuzusagen. O. k., erst mal warte ich Pinkys Plan ab, sie hat sich leider immer noch nicht bei mir gemeldet.

Freitag, 27. Dezember

Die Langeweile der Weihnachtstage hat einen fetten Riss bekommen: In meiner Familie herrscht so etwas wie Krieg! Am zweiten Weihnachtsfeiertag war noch alles öde. Wenn ich allerdings gewusst hätte, was danach bei uns abgeht, hätte ich diesen Zustand mehr genossen! Die größte Langeweile ist ein Wohlfühlprogramm dagegen. Ich habe sämtliche Spiele auf Muddas Laptop gespielt – da nur drei Stück brauchbar sind, war ich recht schnell durch. Später sind wir alle zusammen im Park durch den Schnee spaziert und der Troll und ich haben uns mit Schneebällen beworfen. Das war lustig. Aber abends habe ich dann mit Mudda, Papa und Oma den Bhutan-Film über das Bruttonationalglück geschaut und mich noch mehr gelangweilt. Sie befragen da nur die Leute in der Bevölkerung, wie sie sich ihr Glück vorstellen, und dann werten sie es irgendwie aus. Mudda und Papa hat es gefallen. Nur als Mudda meinte: „Das ist ein tolles Land. Dort würde ich auch gern leben, wo sie sich so um mein persönliches Glück sorgen", da antwortete Papa: „Aber in Deutschland ist auch nicht alles schlecht. Unsere Wirtschaft sorgt schließlich dafür, dass es uns gut geht." Worauf Mudda nur zischte: „Das ist mal wieder typisch für dich, du Kapitalist! Aber Geld allein macht nicht glücklich!" Bevor Oma sich einmischen und ein Streit zwischen allen entflammen konnte, haben Mudda und Papa zum Glück kurz innegehalten und sich überlegt, was ihre Therapeutin ihnen jetzt wohl raten würde. Und dann haben sie sich zu einer gemeinsamen Meditation zurückgezogen. Aber gebrodelt hat es da schon!

Heute, am dritten Weihnachtsfeiertag – falsch, es gibt keinen dritten Weihnachtsfeiertag! Und genau das ist der Grund, warum der Streit dann doch ausgebrochen ist. Beim Frühstück schenkt Mudda Oma Marion etwas Tee nach und fragt dann beiläufig, wann wir sie zum Bahnhof fahren sollen – da geht es los!

Dass Papa keine Ahnung hatte, stimmt allerdings nicht! Während Mudda versucht, Oma Marion zu überzeugen, dass ihr Seniorenclub und die Musikschüler, die sie ehrenamtlich betreut, sie sicher ganz schrecklich vermissen werden und sie deshalb nicht länger hier wohnen kann, steht er die ganze Zeit stumm daneben. Oma lacht nur und meint, das sei alles geklärt und im Januar kämen ihre restlichen

Sachen. Als sie nach unten in ihre neue Wohnung verschwunden ist, um sich schon mal häuslich einzurichten, ist Mudda fuchsteufelswild auf Papa losgegangen. „Wieso kriegst du nie deinen Mund vor deiner Mutter auf?“, fährt sie ihn an. Papa versucht es erst mal mit der finanziellen Schiene. „Sieh mal, wenn meine Mutter unten einzieht und die Miete übernimmt, da sparen wir doch auch was …“ Doch damit kommt er bei Mudda nicht weit. „Natürlich! Du denkst wieder nur ans Geld. Ich habe gleich gemerkt, dass du den Film gestern nicht verstanden hast! Glück bedeutet doch nicht nur ein volles Bankkonto!“

„Von dem wir im Übrigen auch weit entfernt sind!“, schreit Papa nun zurück. Es dauert für gewöhnlich lange, bis Papa ausrastet, aber in den letzten *harmonischen* Wochen hat sich anscheinend was angestaut. Und das kommt jetzt voll raus! „Wer verdient denn das ganze Geld und wer gibt es für teure Öko-Sachen aus?!“

Mudda starrt ihn mit offenem Mund an. „Wenn mein Laden erst mal läuft, dann verdiene ich auch mehr!“, sagt sie hitzig.

„Ja, WENN …“, bemerkt Papa höhnisch.

Weil am Boden eh schon die zerdepperte Teekanne liegt, schmeißt Mudda wie in einem Film einfach noch krachend einen Teller dazu. „Du bist so ein selbstgefälliger Chauvinist!“, kreischt sie. Leider weiß ich nicht, was das Wort bedeutet. Hab’s nachgeguckt: Papa ist angeblich ein Mann, der sich Frauen überlegen fühlt. Keine Ahnung, was ich davon halten soll. Wo er doch sonst immer so harmoniesüchtig ist … Anscheinend trifft ihn das Wort *Chauvinist* auch sehr, denn jetzt probiert er es auf die einfühlsame Weise. Er streichelt Mudda über

den Rücken. „Es tut mir leid“, sagt er und Mudda wird ein wenig ruhiger. Sie atmet schon viel gleichmäßiger. Doch das ändert sich, als Papa hinzufügt: „Weißt du, ich dachte, wenn Mutti jetzt immer älter wird, ist es vielleicht ganz gut, wenn wir sie bei uns haben …“

„Du hast es also doch gewusst!“, unterbricht Mudda ihn und reißt sich wütend von ihm los. „Deine Mutter ist quietschfidel und wird uns noch jahrzehntelang auf der Nase herumtanzen. Wenn sie in der Wohnung unten bleibt, dann … dann überlebe ich das nicht!“

Und deshalb ist seitdem die Kacke bei uns am Dampfen! Ich sag dir, Jan: So schief hing der Haussegen schon lange nicht mehr. Es ist sehr fraglich, ob wir jemals gemeinsam auf die Sternwarte oder zum Mehr-Generationen-Festival gehen werden. Ich bezweifle das gerade stark.

Samstag, 28. Dezember

Die Stimmung bei uns ist kälter als am Nordpol, es ist kaum auszuhalten. Oma Marion tut, als würde sie davon nichts mitkriegen. Dabei ist es nicht zu übersehen: Mudda meditiert nur noch alleine und Papa starrt unentwegt auf das Gerät, das die Familie so bereichern sollte: das Tablet. Doch leider bietet es ihm keinerlei Hilfe: Unser Familienfrieden ist nicht nur erstarrt, sondern in tausend Eissplitter zersprungen. Zum Glück konnte sich der Troll zu einem Freund verziehen, der jetzt nach den Weihnachtstagen wieder Zeit für ihn hat. Ganz im Gegenteil zu meinen Freundinnen. Paula und Julia sind immer noch mit ihren Familien unterwegs und auch Pinky wird noch von ihren Eltern vereinnahmt, die sie von einem edlen Dinner zum nächsten schleifen, wie sie mir zwischendurch schreibt. Ich weiß echt nicht, was ich mit meiner Zeit anfangen soll. Nashorn-Comics zeichnen? Keine Lust. Wenn ich wenigstens ins Internet könnte, aber Mudda und Papa sind so schlecht gelaunt, dass sie mir höchstens eine Stunde erlauben. Da schaffe ich es gerade mal, den Online-Shop meines Lieblingsladens zu durchforsten. Oma Marion ist die Einzige, die fröhlich wirkt. Dass ich ihren Strampelanzug seit Heiligabend nicht mehr anhatte, bemerkt sie zum Glück nicht. Denke ich!

Oma Marion ist voll die Erpresserin! Ich hoffe auch, dass sie nicht unter uns wohnen bleibt, sonst muss ich die ganze Zeit den Strampelanzug tragen, damit sie glücklich ist. Wenn ich mich geweigert hätte, ihn anzuziehen, hätte sie mir tatsächlich nicht gezeigt, wie man ins Internet kommt. Dabei war es ganz leicht. Wir mussten nur ein paar

Zahlen von dem weißen WLAN-Kästchen im Flur eingeben und schon hatten wir eine Verbindung. Es ist einfach traumhaft! Mudda trifft sich mit ihrer Freundin Gaby, um ausführlich den neuen Laden zu besprechen und sich wahrscheinlich über Papa auszuheulen. Papa hat sich mit seinem Tablet in irgendein Café geflüchtet. Und ich? Ich sitze auf meinem Bett und surfe im Internet! Wen interessiert schon, dass ich dies im hässlichsten Klamottenteil aller Zeiten tue? Sieht doch keiner …

Ein bisschen einsam fühle ich mich trotzdem. Bei Google gebe ich deinen Namen ein: *Jan Wildemann* … da kommt die Seite von deinem Fußballverein mit einem Mannschaftsfoto, auf dem du wahnsinnig süß lächelst. Ich schmelze dahin. Auf dem Foto von Tims Fußballmannschaft bist du auch zu sehen, als Co-Trainer, da sind deine Haare verstrubbelt – auch voll niedlich! Aber irgendwie reichen mir die beiden Bilder nicht.

Was will denn dieses Nashorn jetzt schon wieder in meinem Kopf? Das stiftet mich doch wieder nur zu irgendwelchem Unsinn an. Mudda und Papa haben mir verboten, mich bei Facebook anzumelden. Obwohl alle meine Freunde längst dort registriert sind, auch du natürlich, darf ich erst an meinem 14. Geburtstag hinein. Und der ist noch einen Monat und 24 Tage entfernt! Das halte ich nicht aus! Was soll's – Mudda und Papa benehmen sich im Moment so daneben, warum soll ich mich dann bemühen und artig sein? Weihnachten ist vorbei, auf zu neuen Schandtaten. Kurzerhand begebe ich mich auf die Facebook-Seite und melde mich an. Ohne Probleme komme ich dort rein, man darf nämlich schon ab 13 Jahren mitmachen. Schnell fülle ich die wichtigsten Eckdaten aus, meinen Geburtstag, meine Schule, und meine Lieblingsband *Silbermond* trage ich auch gleich mal ein. Was für ein Foto soll ich nur nehmen? Da ich kein gutes habe, schnappe ich mir im Wohnzimmer die Digitalkamera von Papa. Vor dem Spiegel in meinem Zimmer probiere ich eine Viertelstunde lang aus, meine schwarze Bommelmütze mit den Glitzerfäden so aufzusetzen, dass sie zu meinem coolen Gesichtsausdruck passt. Den coolen Gesichtsausdruck muss ich natürlich auch noch üben. Nach einer halben Stunde habe ich endlich ein passables Foto von mir und lade es hoch. Oh Gott, ich habe ja noch den Strampler an! Aber zum Glück sieht man nur das Oberteil, so wirkt er wie eine Kapuzenjacke. Als ich Pinky, Julia und Paula bei Facebook suche, bekomme ich plötzlich meine erste Freundschaftsanfrage. Neugierig schaue ich nach und bekomme den Schock meines Lebens:

Oh Gott, Oma Marion ist bei Facebook! Ganz kurz überlege ich, die Freundschaft abzulehnen. Aber das kann ich doch nicht machen! Widerwillig nehme ich sie an und kurz darauf habe ich meinen ersten Pinnwandeintrag: *Herzlich willkommen! Ich freue mich, dass du auch hier bist! Von meinem Smartphone gesendet.*

Oma sitzt also da unten in der Wohnung und surft mit ihrem neuen Smartphone munter im Internet. Dazu läuft die Hans-Goldeisen-Musik, die leise durch die Decke zu mir nach oben wummert. Na, danke auch. Jetzt weiß Oma, dass ich Facebook nutze, und ich bin total erpressbar. Ich schreibe ihr gleich mal eine Nachricht, dass sie das auf jeden Fall für sich behalten muss. Glücklicherweise kommt direkt die Antwort: *Natürlich! Wofür hältst du mich?*

Darauf erwidere ich lieber nichts …

Ich gebe deinen Namen bei Facebook ein und finde dich sofort, Jan. Dein Gesicht ist nur halb zu sehen und ich muss mit dir befreundet sein, um mehr von deinem Profil sehen zu können. Soll ich? Ich überlege noch, da blinkt es plötzlich in meinem Postfach. Pinky hat meine Freundschaftsanfrage angenommen und mir auch schon eine Nachricht geschickt: *Lea!!! Was machst du denn hier! Wie cool … schick bloß dem Jan keine Freundschaftsanfrage! Das muss er machen … Bin hier leider noch auf einem stinklangweiligen Event mit meinen Eltern. Ich meld mich morgen! Kuss, P.*

O. k., das muss wohl Telepathie gewesen sein. Grinsend will ich ihr gerade zurückschreiben, da klopft es plötzlich und Mudda kommt herein. Panisch klappe ich den Laptop zu. „Warum klopfst du überhaupt an, wenn du eh gleich reinkommst!“, sage ich eine Spur zu scharf. Doch Mudda scheint es nicht zu bemerken. „Entschuldige", sagt sie schief lächelnd. Es wird schon langsam dunkel und sie setzt sich zu mir aufs Bett. Jetzt erkenne ich, dass sie total verheult aussieht. „Ich wollte dir nur sagen, dass ich vorübergehend zu Gaby ziehe", sagt sie.

„Was?" Ich hätte es nicht für möglich gehalten, aber zum ersten Mal in meinem Leben melden sich in mir alle Nashörner gleichzeitig. Und das, obwohl es sich nur um meine Familie handelt. NUR? „Aber das … das geht nicht", stottere ich.

Mudda streichelt mir über die Mütze. „Ich kann so nicht länger neben deinem Vater in einem Bett schlafen …"

„Dann nimm doch das Sofa", unterbreche ich sie hastig, doch Mudda schüttelt traurig den Kopf. „Nein, das bringt nichts. Ich möchte nachdenken und Papa soll das auch tun. Wenigstens bis zur nächsten Therapiestunde."

Ich spüre einen dicken Kloß in meinem Hals. „Kommst du dann wieder nach Hause?"

Jetzt nimmt mich Mudda in den Arm. „Aber natürlich, Lea! Ich lass dich und Tim doch nicht im Stich. Du wolltest ja an Silvester eh zu Pinky und Tim kann bei einem Freund schlafen, das hab ich schon geregelt. Bitte sei mir nicht böse."

Heftig schüttele ich den Kopf. Nein, böse bin ich weder auf Mudda noch auf Papa. Aber weinen muss ich trotzdem. „Und das alles wegen Oma", schluchze ich in Muddas Arm hinein.

„Nein, Oma Marion trifft keine Schuld", erwidert Mudda jetzt zu meiner Überraschung. „Weißt du, sie war zwar der Funke, der den Streit entfacht hat, aber das Brennholz liefern wir uns schon selber. Unser eigentliches Problem sitzt viel tiefer." Sie stößt einen lauten Seufzer aus. „Vielleicht übertreibe ich ja auch, aber ich brauche einfach eine kleine Auszeit, um wieder klarer zu sehen."

Wenn Mudda schon nicht klar sieht, wie soll ich es dann tun? Ich versteh überhaupt nichts, und als Mudda weg ist, muss ich erst mal richtig heulen. Papa ist jetzt auch wieder zu Hause. Er hat zur Abwechslung das Tablet gegen seine Gitarre getauscht und spielt ein trauriges Lied, so wie er das immer macht, wenn er selbst nicht gut

drauf ist. Das Lied ist von der Band Reamonn und trägt den passenden Titel *Say Goodbye*. Dumpf dringen die Töne durch die Wohnzimmerwand zu mir und vermischen sich mit den Klängen von Hans Goldeisen. Jan, ich hab solche Angst, dass sich meine Eltern diesmal richtig trennen. Hoffentlich kann ihre Supertherapeutin das im neuen Jahr irgendwie verhindern. Ich sende gleich mal eine meiner unsichtbaren Wunschraketen ins Universum und hoffe, dass sie dort nicht verpufft.

Dienstag, 31. Dezember

Seltsame Tage liegen hinter mir. Heute, an Silvester, erscheint mir alles so offen wie noch nie. Am Sonntag hatte der Troll die großartige Idee, zu Oma Marion zu gehen und ihr zu sagen, dass sie wieder nach

Hause fahren soll, damit Mudda zu uns zurückkommt. Daraufhin hat Oma einen Weinkrampf bekommen und Papa hat uns zu sich ins Wohnzimmer zitiert. Er hat uns ganz ruhig erklärt, dass Oma sich doch auch nur nach einer Familie sehnt und dass sie niemanden außer uns, dem Seniorenclub und ihren ehrenamtlichen Musikschülern hat, seit Opa vor über zehn Jahren gestorben ist. Da hat selbst der Troll betroffen auf den Boden geguckt und später hat er sich sogar bei Oma entschuldigt. Strahlend hat sie uns daraufhin ein Mittagessen gekocht, mit ganz viel Fleisch! Ich hab mich nicht getraut zu fragen, ob es von glücklichen Tieren kommt, weil ich die Stimmung nicht gleich wieder kaputt machen wollte.

Mudda ruft jeden Tag mindestens dreimal bei uns an und tut immer wieder erleichtert, dass immer noch alles gut läuft. Papa geht heute Abend mit Oma essen und danach in ein klassisches Konzert. Der Troll übernachtet ja bei einem Freund … und was mach ich? Seit Sonntag habe ich zum Glück Pinky wieder. Nachdem ich mich erst mal über meine Familiensituation bei ihr ausgeheult habe, hat sie sich danach über ihre beklagt. Wobei ich die jetzt nicht ganz so dramatisch finde. Schuld ist Gregors Weihnachtsgeschenk. Im Februar machen wir ja unser Schülerpraktikum und Pinky ist in einem Tattoo-Studio untergekommen. Und deshalb hat Gregor ihr einen Gutschein für eine Tätowierung geschenkt. Aber ihre Eltern haben es gesehen und sind dagegen. Toll, das hätte Gregor sich doch auch denken können. Pinky ist minderjährig und sie hat ihm bestimmt mal erzählt, wie ihre Eltern drauf sind. Na ja, auf jeden Fall ist Pinky jetzt wild entschlossen, sich das Tattoo trotzdem heimlich stechen zu lassen, und sie will dazu die Unterschrift ihrer Eltern fälschen. So weit, so gut, das ist ihr Ding. Aber jetzt kommt es: Pinky will, dass ich ihr Tattoo entwerfe! Sie hat auch schon genaue Vorstellungen. Ein Hai soll es werden, weil Gregor und sie sich zum ersten Mal in so einer Unterwasserwelt geküsst haben, und zwar vor dem Haifisch-Aquarium. Dabei soll angeblich ein Hai ganz nah an das Glas gekommen sein. Ich glaub ihr kein Wort! Das hat sie sich nur ausgedacht, um ein besonderes Tattoo haben zu können! Wie will sie den Hai überhaupt gesehen haben? Schließlich macht man beim Küssen die Augen zu, oder? Alles andere ist ja wohl total unromantisch!

Trotzdem habe ich ihr schließlich versprochen, den Hai zu entwerfen. Denn erstens hatte Pinky plötzlich ein Weihnachtsgeschenk für mich – total unfair, wir hatten ausgemacht, dass wir uns nur am Geburtstag was schenken, jetzt steh ich voll blöd da. Sie hat einen ganz tollen Skizzenblock für mich gekauft, auf den ich meine Comics zeichnen kann (und ihr Tattoo). Ich mache ja mein Praktikum bei einem Illustrator und da kann man so einen coolen Block natürlich gut brauchen.

Na, und zweitens hat sich Pinky über Weihnachten tatsächlich einen Plan ausgedacht, wie ich an dich rankomme. Damit sie ihn mir erzählt, hab ich schnell gesagt, dass sie im neuen Jahr ihren doofen Hai bekommt. Ich weiß allerdings noch nicht, was ich von dem Plan halten soll, den sie mir daraufhin offenbarte. Für Pinky war jedenfalls alles ganz logisch: „Also, Lea, du verbringst natürlich Silvester einfach mit Jan."

„Hä?" Hat irgendjemand schon mal vorab mit der Tätowierungsnadel in Pinkys Gehirn gestochen, oder was? „Pinky, der Jan geht auf die Party von Kröten-Caro. Und wie du weißt, bin ich da nicht erwünscht."

„Ja, und deshalb tauchst du einfach gemeinsam mit ihm dort auf. Wenn er dich mitbringt, wird keiner was sagen, glaub mir", behauptet Pinky. So ganz überzeugt bin ich noch nicht, aber die Vorstellung ist echt schön. „Und wie soll ich ihn dazu bringen, dass er mich mitnehmen will?", frage ich skeptisch.

„Du passt ihn auf dem Weg dorthin ab. Er wohnt ja nicht so weit weg von uns. Ich bin mir sicher, dass er auf dem Weg zu Kröten-Caro an unserem Haus vorbeilaufen wird. Du wartest bei uns in der Einfahrt und dann …“ Pinky macht eine verheißungsvolle Pause. „Dann läufst du ihm quasi in die Arme.“

In mir gehen plötzlich die Nashörner ab. Silvester zusammen mit dir, Jan! „Und was sag ich dann?“, frage ich gespannt.

Pinky runzelt kurz die Stirn. Darüber hat sie anscheinend noch nicht nachgedacht. „Ähm, ja, du sagst einfach, dass die Party bei mir so schlimm ist, weil … weil da total viel Alkohol getrunken wird.“

„O. k., und was machst du an Silvester?“, frage ich.

Pinky lacht. „Ich feiere natürlich mit Gregor. Mal sehen, vielleicht gehen wir auf irgendeine Party.“

„Zu seinen tollen Freunden?“, erwidere ich skeptisch, aber ich frage nicht weiter. Ich muss mich innerlich dringend darauf vorbereiten, dass ich Silvester mit dir verbringen werde, Jan. Kurz muss ich daran denken, was Pinky vor ein paar Wochen mal zu mir gesagt hat: *So, wie man es sich vorstellt, trifft es sowieso nie ein.*

„Das klappt bestimmt nicht!“, orakle ich.

Gleich geht es los! Das ist mein erstes Silvester, das ich nicht mit meiner Familie feiere. Wie auch? Ist ja keiner da. Papa fährt mich zu Pinky und betont noch einmal, dass er mich um eins wieder abholt. Ich habe meinen Jeansrock an, einen coolen dunklen Pulli mit weißen Sternen und bin megamegaaufgeregt. Was wirst du nur sagen, wenn du mich siehst? Hoffentlich reagierst du so, wie ich es mir vorstelle.

Bist du nun gut oder schlecht?
Ich versteh irgendwie gar nichts mehr …

Mittwoch, 1. Januar

Ach, Jan, ich bin ehrlich verwirrt. Und du? Mit einem solchen Verlauf des Silvesterabends habe ich jedenfalls nicht gerechnet. Ganz und gar nicht.

Papa setzt mich bei Pinky ab, wo alle Zimmer hell erleuchtet sind, damit es nach *Party* aussieht. Aber Papa ist weit entfernt davon, meine Silvesterparty infrage zu stellen. Er denkt nach, so wie Mudda es ihm empfohlen hat, und er tut dies äußerst schweigsam. Dazu hat er ein tieftrauriges Lied von einem Sänger aufgelegt, der sich *The Tallest Man on Earth* nennt. Das Lied heißt *There's no leaving now* und ich könnte schon wieder heulen – wenn ich nicht so aufgeregt wäre. „Einen schönen Abend, Lea", sagt Papa schwer seufzend zum Abschied. „Ruf mich an, falls du wieder früher nach Hause möchtest." Aber das werde ich diesmal wirklich nicht tun.

An der Toreinfahrt empfängt mich Pinky strahlend. Sie hat zwei Klappstühle hinter der Mauer aufgebaut, dazu gibt es dicke Wolldecken für uns und eine Thermoskanne, gefüllt mit heißem Tee. Wir wissen nämlich nicht, wann genau du hier aufkreuzt, und deshalb positionieren wir uns sicherheitshalber so früh wie möglich, nämlich eine halbe Stunde bevor Kröten-Caros Party überhaupt beginnt. Obwohl ich mich in die wärmste Decke einpacke, klappere ich schon bald mit den Zähnen. „Hoffentlich lohnt sich das hier alles", bibbere ich, während ich immer wieder um die Ecke linse, ob du vielleicht schon in der Nähe bist. „Natürlich wird es sich lohnen", schnattert Pinky nicht weniger als ich. „Denk immer daran: Jan ist dein Ritter, der dich von der schlimmsten Party deines Lebens befreit …“

„Ich fühl mich irgendwie nicht gut dabei, dass ich ihn anlüge“, sage ich und nippe an einem Becher mit dampfendem Tee. Das tut gut. „Irgendwie komme ich mir eher so vor, als würde ich ihn gleich überfallen.“

„Quatsch!“, widerspricht Pinky. „Einen Rückzieher kannst du jetzt eh nicht mehr machen! Sonst musst du Silvester allein feiern“, sagt sie so entschieden, dass mir schlagartig etwas klar wird: Pinky will nicht mit mir Silvester feiern! Vielleicht macht sie das hier sogar alles nur, um mich loszuwerden? Ich will nicht weiter darüber nachdenken. Lieber stelle ich mir vor, wie wir gemeinsam zur Silvesterparty gehen. Das wäre wundervoll!

Nach einer gefühlten Ewigkeit, halb erfrorenen Zehen und tauben Oberschenkeln zischt Pinky plötzlich fast lautlos: „Ich seh ihn! Los, geh auf deine Stellung, viel Glück!“

Ich positioniere mich also hinter dem Torbogen und warte darauf, dass du, mein Opfer, äh, mein Ritter, deines Weges entlangkommst und wir uns *zufällig* begegnen. Leider fühle ich mich noch immer nicht wie die holde Maid, sondern eher wie ein hungriger Drache, der dem nichts ahnenden Ritter auflauert, um ihn dann mit Haut und Haaren zu verschlingen.

Oh Gott, es hat tatsächlich geklappt! Von Pinky ist zwar nichts zu sehen, aber ich kann mir gut vorstellen, wie sie jetzt hinter der Mauer die Hand zur Siegesfaust ballt. „Das ist typisch Pinky", sagst du, während wir die Straße entlang zu Kröten-Caro gehen. „Wieso?", frage ich und fühle mich ein wenig ertappt. Ahnst du etwa doch etwas von ihrem Plan?

„Ihre Partys sind immer so", fährst du fort. „Wenn ich nur an ihren Geburtstag denke. Da waren echt viele richtig dicht."

„Ja, unmöglich!", antworte ich schnell und hoffe, dass wir das Thema bald wechseln.

„Du warst gar nicht da, oder?"

Willst du mich veräppeln, Jan Wildemann? Du standst direkt hinter mir, als ich meinen peinlichen Anfall auf dieser Party bekommen habe. Aber gut, ich werde mich hüten, deinem Gehirn auf die Sprünge zu helfen. „Nur ganz kurz", weiche ich daher aus. Du guckst mich von der Seite her an und grinst. Vielleicht weißt du es ja doch noch und bist nur nett genug, nicht weiter darüber zu sprechen.

Das Haus von Kröten-Caro ist genauso hell erleuchtet wie das von Pinky, nur mit dem Unterschied, dass hier eine echte Party steigt. Vor der Tür haben sich zwei Mädchen aus Kröten-Caros Gefolgschaft aufgestellt, als wären sie hier die Türsteher. „Hi, Jan!", singen sie im Chor. Dann beäugen sie mich kritisch. „Schon gut, Lea gehört zu mir", sagst du ganz cool und mir bleibt vor Überraschung die Spucke weg. Das läuft hier ja wirklich alles wie am Schnürchen. Fast zu gut, um wahr zu sein.

Und dann bin ich drin, in den Mauern der bösen Froschkönigin!

Neugierig schaue ich mich um. Hier ist alles noch größer als bei Pinky zu Hause, diese Villa kommt mir wirklich wie eine Burg vor. An den Wänden hängen für meinen Geschmack geschmacklose Kunstwerke. Höchstwahrscheinlich irrsinnig teuer, genau wie die hässlichen Teppiche. Die Möbel sind ganz cool. Ein Mix aus antikem und neuerem Stil. Es gibt kaum Türen, alles ist weitläufig und offen. Mudda würde sicher über die Heizkosten schimpfen, wenn sie das sehen könnte. Kröten-Caro habe ich noch nicht entdeckt, zum Glück. Irgendwie muss ich es schaffen, ihr heute Abend nicht zu begegnen. Instinktiv ziehe ich den Kopf ein wenig ein und drücke mich in den Halbschatten zwischen dir und der Wand, während wir den Flur entlanglaufen. „Ist was?", fragst du pikiert und ich schüttele schnell den Kopf.

„Nö, wieso?"

Du hakst zum Glück nicht nach. Stattdessen sagst du: „Komm, wir suchen erst mal Caro und sagen *Hallo*."

Falscher Vorschlag, ganz falscher Vorschlag! „Och, weißt du …", ich suche verzweifelt nach einer Ausrede, da sehe ich Paula, Julia und Frido. „Ich geh erst mal zu meinen Freunden!", sage ich, und auch wenn es schwerfällt, reiße ich mich von deiner Seite los. „Wir sehen uns." So lässig wie möglich winke ich dir noch mal kurz zu. Ich würde mich sogar cool finden, wenn ich nicht so flatterig drauf wäre.

Julia, Paula und Frido sind überrascht, als ich auf sie zukomme. Immerhin haben alle in der Klasse mitgekriegt, wie Kröten-Caro Pinky und mich lauthals NICHT eingeladen hat. Aber sie gehen nicht weiter darauf ein. Frido und Paula sind damit beschäftigt, sich darüber zu streiten, was sie sich am Büfett holen – ist dir auch schon mal aufgefallen, dass es bei den beiden irgendwie nur ums Essen geht, Jan? Wahrscheinlich nicht, so viel hast du mit ihnen ja nicht zu tun. Julia gibt mir einen Becher Pfirsichbowle. Natürlich alkoholfrei. Dankbar nehme ich einen Schluck. Neben der Schüssel mit der Bowle stehen ein paar Schalen mit Knabbergebäck. Weil ich so aufgeregt bin, stecke ich mir gleich fünf Salzstangen auf einmal in den Mund. Das sieht jetzt höchstwahrscheinlich voll lächerlich aus, aber du bist ja eh weit weg. Oder? Suchend schaue ich mich um – genau wie Julia. „Hast du Yasar schon gesehen?“, fragt sie wie nebenbei, aber mir kann sie nichts vormachen. Gerade dieser betont beiläufige Klang ihrer Stimme verrät alles. Yasar ist vermutlich der Hauptgrund, weshalb sie heute Abend hier ist! „Keine Ahnung, ob er schon da ist“, antworte ich kauend. Julia seufzt und ich sage nichts weiter, weil ich ihr nicht den Silvesterabend verderben möchte. Dass sie total verknallt ist, kann man jedenfalls nicht übersehen und ich hoffe, das fällt auch Yasar bald auf. Dann zieht er sich bestimmt zurück aus dieser *Freundschaft* und quält Julia nicht länger mit falschen Hoffnungen. Ich möchte gern das Thema wechseln, doch plötzlich habe ich nur noch eine Sorge: Wie mache ich mich sofort und auf der Stelle UNSICHTBAR? Dreimal darfst du raten, warum, Jan. Richtig, Kröten-Caro läuft soeben an Julia und mir vorüber. Was soll ich tun? Weggucken und hoffen, dass sie mich dann auch nicht sieht, funktioniert wohl nicht. Alles andere leider auch nicht …

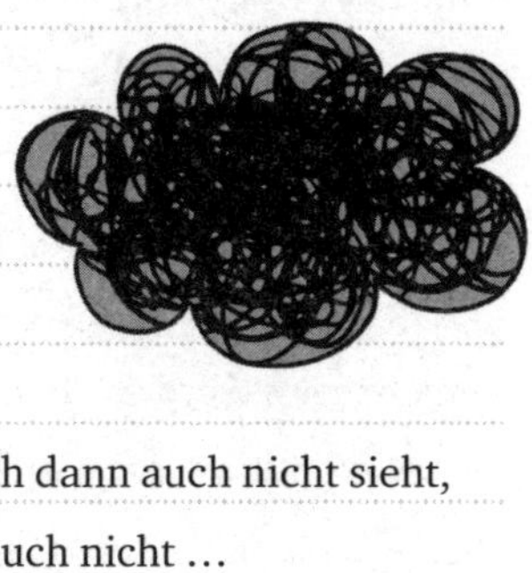

O. k., ihre Überraschung ist echt – nur ist sie leider überhaupt nicht positiv. „Was machst du hier?“, ruft Kröten-Caro und ihre Augen beginnen giftig zu blitzen.

„Ähm – öh …“ Ich weiß nun wirklich nicht, was ich sagen soll. *Ich trinke hier ein Glas deiner alkoholfreien Pfirsichbowle und schiebe ab und zu eine Salzstange dazwischen,* wäre wohl etwas daneben, obwohl es die exakte Antwort ist. Aber wir sind hier nicht in einer Sitcom, auch wenn sich mein Leben manchmal so anfühlt. Wobei – vielleicht muss ich mein Lebenskonzept noch einmal überdenken, denn jetzt kommst plötzlich du wieder angelaufen und sagst erneut laut und deutlich: „Lea ist mit mir hier!“ Noch filmreifer wäre nur, wenn du den Arm um mich legen würdest. Tust du leider nicht.

Kröten-Caro starrt dich an, als hättest du ihr soeben eröffnet, dass du von einem anderen, weit entfernten und verseuchten Planeten stammst. Vermutlich demselben wie ich. Doch dann lächelt sie und sagt lang gedehnt: „Heeeyy … Jan!“ Sie umarmt dich und gibt dir links und rechts ein Küsschen, sodass eines meiner Nashörner in Wallung gerät. Diese hinterhältige Kröte! Das macht sie nur, damit ich mich aufrege. Und sie schafft es auch noch! „Du, sorry, aber Lea hat hier Hausverbot“, fügt sie jetzt mit einem charmant aufgesetzten Lächeln hinzu.

„Wieso das denn?“, fragst du und verziehst dabei irritiert dein Gesicht. Gut so, Jan, *Hausverbot* ist ein echt lächerliches Wort. Kröten-Caro winkt ab. „Ist eine lange, unschöne Geschichte. Ersparen wir uns das!“ Und dann stellt sie sich auf die Zehenspitzen und schaut sich im großen Ballsaal um (anders kann man das Wohnzimmer hier leider nicht bezeichnen). „Selma!“, ruft sie, und als Selma (eine der beiden Türsteherinnen) angedackelt kommt, packt sie sie am Handgelenk. „Wofür hab ich euch die schwarze Liste gegeben? Die zwei Namen waren ja wohl nicht so schwer zu merken!“ Ich ahne etwas. Selma kramt einen Zettel hervor. „Meinst du die hier?“, fragt sie und wird rot. „Natürlich, welche denn sonst?“, zischt Kröten-Caro.

„Ich dachte, das ist ein Scherz von dir!“, erwidert Selma hilflos, und Kröten-Caro sieht aus, als würde sie ihrer Kammerzofe, äh, ihrer Freundin gleich eine Ohrfeige geben.

Du beginnst zu lachen und ich stimme erleichtert mit ein. Auch wenn ich genau weiß, dass Kröten-Caro keine Witze macht – das alles hier ist doch total lächerlich. Na gut, wenn ich ehrlich bin, fällt mir einfach nichts Besseres ein, als über sie zu lachen. Das bringt sie allerdings so richtig auf die Palme. „Was soll das?“, faucht sie mich und auch dich an. „Ich meine das ernst, Lea: Verschwinde von meiner Party! Du hast hier absolut nichts zu suchen!“

Langsam wird mir echt mulmig zumute – sie hat ja recht. Ich war auf diese Silvesterparty nicht eingeladen, sogar ausdrücklich, und normalerweise wäre ich hier auch niemals aufgekreuzt. Was also fällt mir ein? Das ist doch alles nur aus Liebeswahn passiert! Aber das kann ich ja nicht sagen, erst recht nicht vor dir!

Hilflos lächle ich weiter, doch inzwischen ist es nur noch eine Grimasse. Und ich weiß nicht, warum, ich vermute, es ist Mitleid, aber plötzlich fängst du an, mich zu verteidigen. „Komm, Caro, sei nicht so“, sagst du. „Sie hat dir doch gar nichts getan …“

„Woher willst du das eigentlich wissen?“, zickt Kröten-Caro dich an. Du schüttelst entnervt den Kopf. Mittlerweile stehen die meisten

Gäste um uns herum und das ist mir richtig peinlich. Ich will nicht schon wieder der Anti-Höhepunkt einer Party sein. Es ist noch nicht mal zehn Uhr, aber ich befürchte, ich muss schon wieder gehen.

„Los, hau endlich ab!", schreit Kröten-Caro hysterisch und ich lasse mich widerstandslos von ihr zur Haustür schieben. Das war's wohl. Ich werde Silvester mit Papa und Oma feiern. Schon wieder verlasse ich als Allerererste eine Party. Jemand Uncooleren als mich gibt es einfach nicht. Oder vielleicht doch?

Du kommst uns hinterher. „Das kannst du doch nicht machen!", sagst du zu Kröten-Caro und ich habe ein wenig Hoffnung, dass du doch noch der Held des Abends wirst und mich rettest.

Wie auch immer. So richtig glaube ich nicht daran. Aber anscheinend fühlst du dich plötzlich stark, oder du hältst es für deine Pflicht, jetzt eine Heldenszene hinzulegen. Mit deinem nächsten Satz habe ich jedenfalls wirklich nicht gerechnet.

Tja, so viel zum Heldentum. Im Fernsehen sieht das jedenfalls anders aus. „Jan, das tut mir voll leid!“, sage ich, aber ein Blick in dein Gesicht verrät mir, dass das die falschen Worte sind. Es ist nicht zu übersehen, wie peinlich dir ist, dass deine Aktion nach hinten losging, und Mitleid ist das Letzte, was du jetzt brauchen kannst. Du winkst ab. „Ach, ist doch egal!“ Das soll sich jetzt wohl anhören, als würdest du über allem drüberstehen. Ich deute auf die verschlossene Haustür. „Du, wenn du wieder da reinwillst, kann ich das verstehen … ich ruf meinen Vater an, damit er mich abholt“, sage ich und meine das Gegenteil. Zum Glück bist du auch viel zu stolz, um auf die Party zurückzugehen. „Quatsch!“, antwortest du unwirsch, als wir plötzlich ein Rascheln und dann ein Ächzen vernehmen. „Was ist das?“

„Das kommt von da drüben“, flüstere ich und zeige auf den Balkon. Dort hangelt sich gerade eine Person hinauf. Unglaublich – wenn wir, die Verstoßenen, nun tatsächlich einen Einbrecher entlarven? Für einen kurzen Augenblick male ich mir aus, wie Kröten-Caro dankbar vor uns auf den Knien rumrutscht. Allerdings wirklich nur für einen sehr kurzen Augenblick, dann höre ich dich fragen: „Yasar, Alter, was machst du da?“

Es ist tatsächlich Yasar, der sich jetzt über die Balkonbrüstung schwingt. „Hey, Jan, Lea. Cool, ihr seid auch da …“

„Gewesen“, unterbreche ich ihn. „Hast du auch Hausverbot oder warum benutzt du nicht die Eingangstür?“

Yasar lacht. „Nee, ich wollte mal was ausprobieren. Hab jetzt mit Parcouring begonnen und will Caro ein bisschen erschrecken.“ Er rüttelt an der Balkontür. „Mist, zu!“ Mit ein paar sicheren Sprüngen kommt er wieder runter und steht schließlich neben uns. „Und ihr?", fragt er grinsend.

„Wir …", antwortest du gedehnt und es steht fest, dass du deinem Freund nicht wirklich die Wahrheit sagen willst. „Wir hauen von dieser blöden Party hier ab und gucken mal, was woanders noch so geht."

„Na dann, viel Spaß! Sehen wir uns später beim Feuerwerk auf den Terrassen?" Die Stadtterrassen sind ein Aussichtspunkt hier in der Villengegend. Von dort aus hat man einen schönen Blick auf die Stadt und kann gut das Feuerwerk betrachten.

„Klar!" Ihr beide schlagt euch zum Abschied kurz in die Hände und Yasar umarmt mich. Dann klingelt er an der Haustür und wir beide, Jan, wir machen, dass wir davonkommen. Auf keinen Fall wollen wir noch einmal von Kröten-Caro gedemütigt werden. Aber wenn ich ganz ehrlich sein soll, dann muss ich gestehen, dass ich langsam beginne, mich zu freuen. Immerhin beschert mir Kröten-Caro nicht nur einen Silvesterabend mit dir, sondern einen Silvesterabend mit dir allein. Und das ist schon verdammt toll. Auch wenn bei dir von Freude leider noch nichts zu spüren ist. Im Gegenteil. Wir laufen ziellos durch die Stadt und wissen nicht, wohin. Da wir unter 16 sind, kommen wir nämlich nirgendwo rein.

Du wirkst, als würde dir das alles überhaupt nicht in den Kram passen, und das ist mir echt unangenehm. So habe ich mir den Abend mit dir jedenfalls nicht vorgestellt. Aber dann, wir sind inzwischen so richtig durchgefroren, hast du endlich die rettende Idee: „Wir gehen einfach zu mir. Das bringt hier doch nichts. Bis null Uhr sind es noch fast zwei Stunden, und wenn wir das neue Jahr erleben wollen, sollten wir nicht draußen in der Kälte bleiben.“ Das hast du schön gesagt, finde ich. Mir wird auch schon ein bisschen wärmer, wenn ich daran denke, dass ich gleich dein Zuhause und dein Zimmer sehen werde. Am liebsten würde ich mich an deinen Arm kuscheln, aber das traue ich mich natürlich nicht. Auch weil ich immer noch nicht weiß, wie *gern* du jetzt eigentlich mit mir Silvester feierst!?

Euer Haus ist zum Glück nicht so megagroß wie das von Pinky oder Kröten-Caro. Es sieht normal aus und ich bin richtig froh, dass ihr nicht so superreich seid …

„Psst!“ Du legst den Zeigefinger an deinen Mund, als du die Haustür aufschließt. Von irgendwoher ertönt gedämpftes Gelächter. „Meine Eltern haben Besuch“, sagst du und fügst erklärend hinzu: „Kollegen aus der Modebranche und vom Stadtanzeiger. Die Wochenzeitung, weißt du? Mein Vater ist da Redaktionsleiter für den Kulturbereich. Meine Mutter ist übrigens Fotografin.“ Ich nicke. Von der Zeitung habe ich schon mal gehört. „Deine Mutter kenne ich“, sage ich leise. „Sie hat doch die Fotos für unser Theaterprogramm gemacht.“

Du siehst mich kurz an. „Ach ja, sie muss trotzdem nicht wissen, dass wir hier sind, o. k.?“

„O. k.“, hauche ich verschwörerisch und grinse. Wir gehen die Treppe hinauf in dein Zimmer. In der Ecke hast du ein kleines Aquarium mit bunten Zierfischen, das gefällt mir gut. Am Fenster steht ein Teleskop. „Wow, interessierst du dich für Sterne?“, frage ich überrascht. Du nickst. „Ja, ich finde es spannend, nachts in den Himmel zu gucken.“ Wie romantisch! Ich schmelze dahin. „Meine Mutter beschäftigt sich auch mit Sternen“, sage ich arglos. „Sie ist Astrologin …“

Du bekommst einen gequälten Gesichtsausdruck. „Horoskope sind doch voll bescheuert. Ich glaube, du verwechselst da was. Ich interessiere mich für Astronomie, nicht für Astrologie.“

Autsch! Natürlich – wie konnte das passieren? Eigentlich kenne ich doch den Unterschied: Astronomie ist die Wissenschaft und Astrologie ist … na ja, Humbug halt. Aber damit kann ich jetzt auch nicht mehr punkten. „Darf ich mal durchsehen?“, frage ich.

„Klar“, sagst du und entfernst die Kappe vor der Linse. „Aber heute ist der Himmel ziemlich verhangen. Im Winter kann man die Sterne oft nicht so gut beobachten.“

Ich schaue durch das riesige Fernrohr und sehe dunkelgraue Suppe. Aber plötzlich kommt der Mond hinter einer Wolke hervor, groß, dick und löchrig. „Da ist der Mond!“, jubele ich. „Sieht aus wie Schweizer Käse.“

Du stehst neben mir und lachst leise. Plötzlich klopft mein Herz stark, so stark, dass ich glaube, ich kriege eine Herzattacke, wenn ich mich nicht gleich hinsetze.

Vielleicht geht es dir ja genauso, jedenfalls wirkst du auch verlegen. „Ich mach mal ein bisschen Musik an“, sagst du und gehst schnell zu deinem iPod, der an die Lautsprecher angeschlossen ist. Kurz darauf erklingt Jupiter Jones, ganz leise, weil ja niemand im Haus hören soll, dass du da bist. Ich muss sagen, du hast einen guten Musikgeschmack, Jan – aber natürlich habe ich auch nichts anderes erwartet.

So, und was redet man nun mit dem Jungen, den man schon so lange so toll findet? Zuerst habe ich Angst, dass uns nichts einfällt, aber zum Glück ist das nicht so. Ich weiß nicht mehr, wie wir drauf gekommen sind, aber ich erzähle dir einfach, wie Weihnachten bei uns war und dass ich nicht weiß, ob meine Eltern noch zusammen sind. Und ich bin mir sicher, dass du mir aufmerksam zuhörst. Also es nicht nur aus Höflichkeit vortäuschst. Dafür fühlt es sich zu echt an. „Hör mal, das Lied passt irgendwie zu deiner Situation“, sagst du plötzlich und aus der Lautsprecherbox ertönt immer noch Jupiter Jones: Um das hier zu verstehn, braucht es Hirne und Herzen von nie da gewesener Größe … Das Lied heißt *Und dann warten* und ist inzwischen eines meiner Lieblingslieder, auch wenn es einen traurigen Text hat. Ich hoffe einfach, dass du ein Hirn und ein Herz von nie da gewesener Größe hast, Jan. Wir sitzen jetzt ganz dicht nebeneinander und unsere Schultern und Arme berühren sich. Oh Mann! Meine Schulter hat sicher schon tausendmal die Schultern von irgendwelchen Menschen berührt, aber bei niemandem kribbelt es so wie bei dir. Wo sind eigentlich meine Nashörner? Ich glaube, denen geht es genauso wie mir. Du erzählst

mir jetzt, dass deine Mutter mal in einen anderen Mann verliebt war. „Das ist schon länger her, ich war noch in der Grundschule. Aber damals hatte ich auch voll Angst, dass meine Eltern sich trennen. Sie haben sich dann zum Glück wieder zusammengerauft. Und drei Jahre später wurde mein kleiner Bruder geboren. Seitdem ist alles im Lot – jedenfalls kommt es mir so vor.“ Diese Geschichte ist ein Vertrauensbeweis, oder?

Ganz leise füllt jetzt Cluesos Stimme den Raum: Ich bin dabei, du bist dabei, wir sind dabei, uns zu verlieren … Plötzlich knallt es draußen. Dann flackert und kracht es noch mal, direkt vor deinem Fenster. Und so geht es weiter.

„Frohes neues Jahr, Lea!“ Du siehst mich an und zögerst. Aber dann beugst du dich doch zu mir und gibst mir einen Kuss. Und noch einen. Und noch einen und noch einen gaaanz langen … wir knutschen! Du, JAN WILDEMANN, und ich, LEA KIRCHBERGER, wir beide KNUTSCHEN! Ist denn das zu fassen? Ist das SCHÖN! Das Lied von Clueso heißt übrigens *Gewinner*. Mein neues absolutes Lieblingslied …

Auf einmal geht deine Zimmertür auf und ein weinerliches Stimmchen sagt: „Ich hab Angst.“ Wir fahren auseinander. Dein kleiner Bruder steht im Schlafanzug vor uns und reibt sich die müden Augen. Wie süß! Ihr beide seht euch voll ähnlich, so könnte auch mal unser Sohn aussehen – halt! Stopp! Das habe ich gerade nicht mal gedacht! Ich will nicht so ein peinliches, lächerliches Mädchen sein, das sofort vom Heiraten und Kinderkriegen träumt. Tu ich ja auch wirklich nicht. Obwohl du sehr liebevoll mit deinem Bruder umgehst. „Das ist ein Feuerwerk, Lukas", erklärst du ihm und nimmst ihn auf den Arm. „Ich bring ihn mal eben rüber in sein Zimmer", sagst du zu mir und ein paar Sekunden später weiß ich, warum du es so eilig hast. „Jan, was machst du denn hier?", höre ich deine Mutter im Flur. Dann höre ich eine ganze Weile nichts mehr. Anscheinend redest du noch ein bisschen was mit deinen Eltern. Ein bisschen lange. Zu lange. Ich setze mich auf deinen Schreibtischstuhl und zum Zeitvertreib gucke ich mich etwas genauer in deinem Zimmer um. Und dann mache ich einen großen Fehler. Und leider nicht nur einen. Ich frage mich immer noch, welches Nashorn mich da geritten hat. Das mit dem Zeitvertreib hab ich wohl zu genau genommen. Jedenfalls ist da so eine Schublade, aus der ein paar Heftecken hervorschauen. Das sieht irgendwie unordentlich aus und ich denke mir, ich mach das mal eben richtig. Ehrlich, mehr hab ich mir dabei nicht gedacht! Ich ziehe die Schublade auf, um deine Hefte ordentlich reinzulegen – da sehe ich den Brief. Er guckt so zwischen zwei Heften hervor und es steht *Hi Lea* drauf. Ich kann nicht anders, ich muss ihn nehmen. Das ist der zweite Fehler.

Und schon kommt der nächste große Fehler. Ich sage doch glatt: „Aber der Brief ist an mich!“ Dir bleibt berechtigterweise kurz die Luft weg, dann antwortest du: „Na und? Wenn ich ihn dir hätte geben wollen, hätte ich das schon getan.“

Daraufhin quengele ich: „Aber ich will ihn lesen! Bitte!“ Fehler Nummer vier. Jeder Satz ein Fehler. Und jede Handlung auch. Ich halte den Brief hoch über meinen Kopf. Fehler Nummer fünf. Du kommst natürlich mühelos dran, da du ja ein Stück größer bist als ich. „Ich hab eh schon ein Stück gelesen! Also kann ich auch den Rest erfahren.“ Fehler Nummer sechs und sieben. Es ist außerdem eine Lüge, Fehler Nummer acht. „Bitte, ich finde den Brief total schön!“ Fehler Nummer neun, schon wieder eine Lüge. Du fühlst dich wohl ganz schön in die Enge getrieben. Ich kann förmlich sehen, wie es in deinem Gehirn arbeitet. Schließlich reichst du mir den Brief. „Hier“, sagst du. „Er bedeutet eh nichts. Eigentlich wollte ich ihn längst wegschmeißen.“

Ich packe den Brief in meine Tasche (Fehler Nummer zehn) und dann gehen wir zu den Stadtterrassen. Im Flur begegnen wir noch deinen Eltern und allen ihren befreundeten Kollegen, die auch gerade aufbrechen wollen. Es gibt ein großes *Hallo* und alle schauen überrascht und dann vieldeutig grinsend auf mich. „Bist du nicht die kleine Magd?“, fragt deine Mutter. Ja, die bin ich! Schön, dass sie sich an meine Rolle im Theaterstück erinnert und an sonst nichts. „Ja, ja, der Jan wird langsam groß“, sagt eine Frau im Pelzmantel. Ich hoffe sehr, es ist Kunstfell. So verantwortungsbewusst müssen die reichen Leute doch heutzutage sein, oder?

Auf dem Weg zu den Stadtterrassen schreibe ich Papa, dass ich dort das Feuerwerk gucke. Er antwortet, dass er um halb zwei dahin kommt. Ich bin kein bisschen müde, sondern total aufgekratzt. Kein Wunder – es liegt ein mehr als aufregender Abend hinter mir. Also, ich frage mich natürlich schon, ob wir jetzt zusammen sind. Aber dich frage ich das nicht. Ich trau mich einfach nicht – und weißt du, warum? Weil plötzlich irgendwas anders ist. Du bist anders, du wirkst auf einmal total verschlossen. Schweigsam laufen wir nebeneinanderher. „Bist du sauer?“, frage ich dich. „Nee“, antwortest du, aber ich bin mir sicher, dass du zumindest genervt bist. Und daran bin ich selbst schuld. Oh, hätte ich doch niemals deine Schreibtischschublade aufgezogen und alles danach. Wie kann ein altes Jahr so schön enden und ein neues so doof beginnen? Am liebsten würde ich sofort mit dir darüber reden, doch ich vermute, dass jedes Wort von mir es nur noch schlimmer machen würde. Deshalb reden wir überhaupt nicht.

Auf den Stadtterrassen falle ich Julia in den Arm, die mir ins Ohr schreit, dass Paula mit Frido Schluss gemacht hat und deshalb beide schon nach Hause gegangen sind. Und dass Yasar den ganzen Abend total nett zu ihr war. Um zwölf Uhr hat er ihr sogar einen Kuss gegeben (auf die Wange – ein wichtiges Detail). Über uns zischen, heulen und krachen noch immer die Feuerwerksböller. Dann kommt Yasar zu mir und drückt mich ganz fest, dabei hebt er mich leicht hoch und gibt mir einen Kuss – auf die Wange! Ich schaue zu dir rüber, aber dich scheint das gar nicht mehr zu interessieren. Du unterhältst dich mit Kröten-Caro, als hätte es den schönen Silvesterabend nie gegeben. War ja auch letztes Jahr! Plötzlich schießen mir die Tränen in die Augen, ich kann nichts dagegen tun, ich muss weinen. Yasar sieht mich betroffen an. „Ey, was hast du?“ Kopfschüttelnd reibe ich mir die Augen. „Nichts, das ist nur der Qualm von den Raketen“, sage ich, doch Yasar legt kumpelhaft den Arm um mich. Er schiebt mich zu einer Eingangstreppe eines Wohnhauses und drückt mich auf die

oberste Stufe nieder. Dann setzt er sich neben mich. Mit einem Blick auf dich und Kröten-Caro sagt er: „Mit den zwei ist nichts, glaub ich."

„Ja, und mit Jan und mir ist auch nichts", schluchze ich in seine Steppjacke hinein.

Mehr sagt Yasar nicht. Ganz kurz überlege ich, ob er jetzt daran denkt, dass aus uns beiden ja auch nichts geworden ist. Aber ganz ehrlich, ich habe keinen Nerv mehr, auch noch über Yasar nachzugrübeln. Irgendwann hupt es und ich sehe unseren kleinen Fiat Panda. Ich verabschiede mich von Yasar. Bevor ich aber zu Papa hinüberlaufe, muss ich dir wenigstens auch noch Tschüss sagen. „Ciao, Lea!" Du umarmst mich, so wie immer, kein Kuss. Und spätestens jetzt bin ich mir endgültig sicher, dass wir wohl NICHT zusammen sind.

Ich frage mich, warum man großartig Silvester feiert, wenn sich danach überhaupt nichts geändert hat?

Als Papa und ich nach Hause kommen, ist Mudda wieder da. Papa strahlt, als er sie sieht. „Glaub bloß nicht, dass ich wieder zurück bin", faucht sie. „Ich wollte nur Gaby nicht länger zur Last fallen. Sie hat Besuch und braucht das Gästebett." Und damit geht sie ins Wohnzimmer, wo sie die Couch für sich ausgezogen hat.

Obwohl ich inzwischen doch total fertig bin, schaffe ich es nicht, sofort in mein Bett zu gehen. Vorher muss ich unbedingt noch deinen Brief lesen, auch wenn er der Anfang von allem Übel ist. Ich krame ihn aus meiner Tasche und setze mich damit auf mein Bett. Du hast ihn angefangen, kurz bevor wir uns zum ersten Mal geküsst haben.

Zwei Tage vor der Theaterpremiere. Damals ist mein elendig langer Liebesbrief an dich in deine Hände geraten. Du hast behauptet, dass du nicht darin gelesen hast. Mal sehen, ob das stimmt. Mal sehen, was du so schreibst …

Mittwoch, 4. Dezember
Hi Lea
Wie geht's?

Donnerstag, 5. Dezember
Heute bin ich dir begegnet.
Ich hoffe, du merkst nicht,
dass ich das Buch, also den
Liebesbrief, habe.

Freitag, 6. Dezember
Wollte dir dein Buch heimlich
in deine Tasche stecken.
Und dann so was! Der Kuss war
eigentlich ganz gut.

Samstag, 7. Dezember
Du zeichnest echt gut.

Sonntag, 8. Dezember
Krass, dass du mir so einen langen
Liebesbrief geschrieben hast.
Ich check das immer noch nicht
richtig, glaub ich.

Montag, 9. Dezember
Sorry, dass ich immer nur so wenig
schreibe. Hab gerade echt viel um
die Ohren und weiß gar nicht, was ich
sagen soll. Hab den Brief am Donnerstag-
abend in einem Rutsch durchgelesen
und bin seitdem irgendwie durch den Wind.

Mittwoch, 11. Dezember
Wie bist du eigentlich auf die Nashörner gekommen? Warum vergleichst du deine Gefühle mit so hässlichen, fetten Tieren? Das finde ich total lustig.
Ich würde es wahrscheinlich mit einem Känguru beschreiben: Es hüpft durch deinen Bauch, und boxen kann es auch. Ich mal dir mal eines (ist nur ein Versuch)

O.k., mit deinen Zeichenkünsten kann ich natürlich nicht mithalten.

Donnerstag, 12. Dezember
Als wir uns letzten Freitag geküsst haben, hast du vorher gesagt: „Wollen wir uns nicht endlich küssen?" Wieso eigentlich ENDLICH? So viel hatten wir davor doch gar nicht miteinander zu tun ...

Freitag, 13. Dezember
Ich war heute noch mal in dem Theaterstück und hab es mir ganz angeschaut. O.k., jetzt hab ich es kapiert. Der Satz „Wollen wir uns endlich küssen?" war dein Einsatz im Stück! Witziges Missverständnis, findest du nicht auch?

Samstag, 14. Dezember
Wusstest du, dass Nashörner und Kängurus tendenziell Einzelgänger sind?

Sonntag, 15. Dezember
Lea, du hast recht. Einen Brief zu schreiben ist ganz schön schwer. Meiner hier ist so was von grottenschlecht, dass ich ihn dir auf keinen Fall geben werde.
Da würdest du dich auch nur totlachen und dir denken: „Zum Glück hab ich den mit einer Wunschrakete ins Weltall geschossen." Das ist auch gut so. Nashörner und Kängurus passen eh nicht zusammen.
Ich muss jetzt mal zum Fußball.
Ciao, Jan

Das ist also deine Antwort auf den längsten Liebesbrief der Welt? Ich muss schlucken. Gut, der längste Liebesbrief der Welt ist noch nicht zu Ende, aber für dich offensichtlich schon. Und um diese (im Übrigen uralten) Zeilen lesen zu können, hab ich mich so angestellt und uns den Neujahrsbeginn versaut? Ich fass es nicht! Warum vergleichst du deine Gefühle mit einem Känguru? Weil du so sprunghaft bist? Ich werde jedenfalls nicht schlau aus dir …

Bevor ich ins Bett gehe, schreibe ich Pinky noch eine SMS, in der ich kurz den Abend umreiße. Gut, es werden sieben SMS und selbst dann habe ich nur das Nötigste geschildert. Von ihr kommt jedoch bloß zurück: *HAPPY NEW YEAR, SÜSSE! LASS UNS MORGEN ODER ÜBERMORGEN REDEN. PINKY*

TOLLE Freundin …

Es ist schon Nachmittag, ich habe fast den ganzen Tag geschlafen. Irgendwann hat Mudda mich geweckt, weil sie Pizza für alle gemacht hat. Papa durfte sogar mitessen. Oma ist auch hochgekommen, hat sich aber nur ein Stück Pizza genommen und ist gleich wieder verschwunden. Sie meinte bloß: „In meinem Alter kann man nicht mehr so die Nächte durchmachen. Ich leg mich wieder hin.“

Mudda hat Papa die ganze Zeit böse angeschaut, aber ich habe trotzdem das Gefühl, dass es nicht mehr so schlimm ist. Es war nämlich schon irgendwie übertrieben böse – und wenn etwas übertrieben ist, meint man es doch oft nicht so, oder? Ach, ich weiß auch nicht. Am Freitag haben sie endlich wieder eine Therapiesitzung, ich hoffe mal, dass die gut verläuft.

Habe mir später im Internet sämtliche Lieder von Jupiter Jones und Clueso angehört. Außerdem habe ich das Bild von deiner Fußballmannschaft aus dem Internet kopiert, dich rausgeschnitten und vergrößert. Ist jetzt zwar leicht unscharf, aber man erkennt dich besser als auf deinem Facebook-Profil.

Während ich das Bild betrachte und die Lieder höre, läuft die ganze Zeit der Silvesterabend in meinem Kopf ab – immer nur bis zur besagten Schubladenszene, dann breche ich ab und fange von vorn an zu träumen. Vielleicht ist ja alles gar nicht so schlimm! Vielleicht denkst du ja gerade auch über uns nach …

Donnerstag, 2. Januar

Pinky hat sich endlich gemeldet. Ich bin nachmittags zu ihr gefahren und wir haben Pralinen selbst gemacht. Ihre Eltern haben ihr nämlich so ein Set mit einem Buch und einer Form zu Weihnachten geschenkt, weil sie finden, ihre Tochter solle auch mal was Vernünftiges machen. Zuerst wollte Pinky ganz rebellisch niemals Pralinen machen – aber Gregor liebt Schokolade wohl über alles und deshalb machen wir jetzt doch welche. „Wie war eigentlich euer Silvester?“, frage ich, bevor ich von meinem erzähle.

„Ganz okay“, erwidert Pinky, während sie einen Block Schokolade zum Schmelzen in ein heißes Wasserbad hängt.

„Okay klingt aber nicht gerade berauschend“, stelle ich fest und jetzt rückt Pinky mit der Sprache raus.

„Ja, wir waren auf so einer Party von seinen Freunden. Und da haben die Trinkspiele gemacht, auf die ich keine Lust hatte. Natürlich haben mich wieder alle ausgelacht, ich würde mich wie ein Baby anstellen. Und als Gregor mich überreden wollte, doch mitzumachen, bin ich ausgerastet. Wir haben voll Streit gekriegt.“

„Ich finde es gut, dass du nicht ihm zuliebe mitgemacht hast“, sage ich. „Und Gregor finde ich übrigens voll doof!“, füge ich feindselig hinzu. Wie kann er oder auch nur einer seiner Freunde es wagen, meine tolle Pinky als uncool darzustellen?

Seufzend holt Pinky eine Packung Marzipan aus dem Küchenschrank. „Stimmt, wenn man es so betrachtet, wirkt er voll dumm. Aber weißt du …“ Sie hält einen Moment lang inne. „Was ich dir jetzt sage, darfst du aber niemandem verraten, o. k.?“ Ich nicke schnell und Pinky fährt fort: „Also, Gregor ist eigentlich gar nicht so. Wenn wir allein sind, ist er total lieb. Dann gucken wir sogar Liebesfilme zusammen. Er hat *Twilight* schon achtmal gesehen, das ist doch unglaublich, oder?“

Ja, das ist es wirklich. Dass Gregor einen Liebesfilm öfter als ich gesehen hat, kann ich kaum fassen. „Aber seine Freunde dürfen das auf keinen Fall wissen“, redet Pinky weiter. „Die schauen nur richtig üble Horrorfilme und Actionthriller. Gregor benimmt sich immer wie der letzte Macho, wenn er mit ihnen zusammen ist. Und ich soll dann genauso cool sein. *Cool!* Pff!“ Pinky stößt einen verächtlichen Laut aus. „Was die halt so unter *cool* verstehen!“

Oha, das hört sich nicht gut an! Aber ich bin absolut ihrer Meinung. Ich würde mich auch nicht verstellen wollen, nur weil mein Freund oder irgendjemand anderes das gut findet. „Seid ihr noch zusammen?", frage ich vorsichtig.

„Natürlich!", ruft Pinky empört aus. „Man macht doch wegen so was nicht Schluss. Wir haben uns ja auch schon wieder ausgesöhnt und Gregor hat sich bei mir entschuldigt und Besserung gelobt. Mal sehen, ob er es schafft. Aber jetzt erzähl mal genau, wie es bei dir und Jan war."

Ich erzähle. Und das dauert natürlich. Als ich fertig bin, ist es schon dunkel und die ersten Pralinen sind schon so weit getrocknet, dass wir sie mit in Pinkys Zimmer nehmen und dort genüsslich verspeisen. Pinky hat noch gar nicht viel zu meiner Geschichte gesagt. Während sie Schokolade von ihren Fingern leckt, meint sie schließlich nur: „Ich denke, ihr führt so etwas wie eine On-off-Beziehung."

Ich starre sie an. „Eine WAS?", frage ich verständnislos und Pinky erklärt mir, was sie meint.

Es bleibt dunkel. „O. k, ich hab's kapiert“, zische ich. „Mach das Licht wieder an.“

Pinky lacht und es wird wieder hell in ihrem Zimmer. „Der Jan ist komisch“, sagt sie. „Klar, du hättest den Brief nicht nehmen dürfen. Aber wenn du ihn nicht genommen hättest, wäre bestimmt irgendwas anderes passiert und dann wäre er auch komisch geworden.“

„Wie findest du denn seinen Brief?“, frage ich.

„Langweilig! Es wundert mich jedenfalls nicht, dass er ihn wegschmeißen wollte. Mehr als für die Tonne gibt der nicht her.“ Wie kann Pinky so gnadenlos sein? Sie weiß doch, was du mir bedeutest. „Ich muss ihm antworten“, murmele ich vor mich hin. Pinky legt den Arm um mich und sagt: „Vermutlich kann ich dir das nicht ausreden. Aber mein Tipp wäre: Such dir einen anderen Jungen.“

Mann, Pinkys Tipps gehen gerade gar nicht!

Freitag, 3. Januar

Ob du es glaubst oder nicht, Jan: Zwischen meinen Eltern läuft's wieder besser. Der Troll und ich sind ganz glücklich, auch wenn ich mit dem Troll nicht wirklich darüber reden kann. „Ja, cool“, hat er nur gesagt und dann hat er sich in sein Zimmer verzogen. Wenig später haben ihn zwei Freunde besucht und sie haben wieder Star Wars gespielt, wie immer. Nur seine kleine Flamme Tammy hat gefehlt. Seit der Troll mir mal mein Liebesbrief-Tagebuch geklaut hatte und ihr daraus vorlesen wollte, kann sie ihn nicht mehr leiden. Richtig so! Wir Mädchen müssen zusammenhalten. Tammy gefällt mir! (Obwohl ich sie vorher ziemlich hohl fand.)

Jedenfalls hat es die Therapeutin doch tatsächlich geschafft, dass Mudda und Papa wieder miteinander reden. Und weißt du, wie sie das gemacht hat? Angeblich lief es so ab:

Papa ist jetzt auch überzeugt, dass Oma wieder ausziehen muss. Weißt du, eigentlich hat die Therapeutin ja nicht viel mehr gesagt als Mudda, aber ganz offensichtlich macht wirklich der Ton die Musik. Die Therapeutin spricht eben mit einer ganz weichen Stimme und außerdem hat sie ein Diplom in Psychologie. Darauf hört Papa dann wohl lieber, als wenn Mudda ihn anbellt und zur Schnecke macht. Dabei kann Mudda auch echt lieb sein, aber eben nicht immer. Leider hat die Therapeutin nicht gesagt, wie wir Oma loswerden, ohne ihre

Gefühle zu verletzen. Und deshalb traut sich jetzt niemand, mit ihr zu reden, nicht mal Mudda. Sie sagt, das sei Papas Aufgabe, schließlich sei er der Sohn. Und Papa sagt, gerade weil er der Sohn sei, falle ihm das so schwer. Er müsse erst mal über die richtigen Worte nachdenken. Na, und dann müsse man natürlich auch den passenden Moment erwischen …

Ich habe dir jetzt doch eine Freundschaftseinladung über Facebook geschickt. Sechseinhalb Stunden lang habe ich gedacht, dass du sie nicht annimmst, und habe schon angefangen, dich zu hassen. Dann hast du sie kommentarlos bestätigt. Ich habe noch zwei Stunden gewartet und dir schließlich eine Nachricht geschrieben, dass ich gern mit dir über Silvester reden würde. Postwendend kam deine Antwort: *Hi Lea, können wir machen. Ich bin aber zurzeit mit meiner Familie beim Skifahren. Wir können uns ja nächste Woche nach der Schule mal treffen. LG Jan*

Warum kann ich dich nur so schlecht einschätzen, Jan? Ich höre wieder Jupiter Jones und Clueso und träume von Silvester …

Dienstag, 7. Januar

Heute war der erste Schultag nach den Ferien. Der Troll hatte keine Lust. „Ich bin krank", hat er gejammert. Also, es ist ja nichts Neues, dass der Troll nicht gern in die Schule geht, aber gerade tut er so, als wäre die Schule ein Folterlager. Gut, bei meiner Klassenlehrerin Frau Sauerwein liegt er damit gar nicht so falsch. Gleich in der ersten Stunde hat sie uns darauf hingewiesen, dass wir an die Englischarbeit und den Deutschaufsatz nächste Woche denken sollen. Unser Mathelehrer Herr Schmidt hat uns eine Stunde später genau das Gleiche gesagt, nur dass er eben von der Mathearbeit gesprochen hat – toll, können sich die Lehrer mit ihren Klassenarbeiten nicht mal besser absprechen? Es sind die letzten vor dem Halbjahreszeugnis und in Mathe stehe ich nicht besonders gut da. Also, genau genommen stehe ich auf einer Fünf und ich weiß nicht, wie ich das ändern soll.

In der Pause sehe ich dich. Paula, Julia, Pinky und ich stehen bei der Graffiti-Mauer, unserem Lieblingsort auf dem Schulhof, und ich frage mich, ob ich zu dir gehen soll. Aber es ist mir zu peinlich. Ich will nicht um ein Treffen mit dir betteln. Vielleicht reichen aber auch schon meine Blicke, mit denen ich dir kleine, flehende Nashörner

zusende. Glücklicherweise kommst du daraufhin zu mir. „Wie viele Stunden hast du heute?“, fragst du. Keine Begrüßung, du umarmst mich auch nicht und scheinst es eher eilig zu haben.

„Sechs Stunden“, erwidere ich.

„Ich auch. Treffen wir uns danach am Haupteingang?“

Ich bekomme rote Backen und nicke stumm. Du lächelst ein bisschen. „Dann bis heute Mittag.“ Und weg bist du. Wehmütig schaue ich dir hinterher, wie du zu Yasar und den anderen gehst. Kröten-Caro ist auch dabei. Wahrscheinlich wirst du mir heute sagen, dass aus uns beiden nichts wird …

„Hey, denk immer daran, dass es anders kommt, als man denkt“, sagt Pinky und legt tröstend den Arm um mich. Ja, genau deshalb bin ich so pessimistisch – Zweckpessimismus nennt Pinky das. Man denkt extra negativ, damit man sich umso mehr freut, wenn es dann besser kommt als erwartet. Das Schicksal lässt sich jedoch leider nicht austricksen. Wenn man extra anders denkt, dann kommt es wiederum noch mal ganz anders und ach, das ist mir zu kompliziert!

„Was läuft eigentlich zwischen dir und Jan?“, fragt Paula und auch Julia guckt neugierig. „Seid ihr an Silvester zusammengekommen?“

Ich schüttle den Kopf. Schnell lenke ich vom Thema ab. „Sag lieber mal, was mit dir und Frido ist. Warum hast du Schluss gemacht?“, erkundige ich mich bei Paula. Sie zuckt mit den Schultern. „Ach, es geht mir einfach auf die Nerven, dass er immer so viel essen muss!“ Wie bitte? Das sind ja ganz neue Töne. Paula ist normalerweise ganz und gar nicht oberflächlich und das Aussehen von Frido hat sie noch

nie gestört. „Findest du das nicht ein bisschen gemein? So dick ist er doch gar nicht.“ Ich gucke zu Frido, der allein ein bisschen abseitssteht, mit einem Wurstbrötchen und einem Kakao in den Händen. Der Arme, er sieht aus, als würde er sich nicht trauen, in sein Brötchen zu beißen.

„Stimmt, so dick ist er nicht“, sagt Paula und fügt dann hinzu: „Aber wenn er so weitermacht, wird er es. Ich weiß, das hört sich voll fies an. Ich wär gern so ein tolles Mädchen, dem das nichts ausmacht. Aber ich kann nichts dagegen tun, es stört mich einfach total. Wenigstens bin ich ehrlich“, sagt sie trotzig wie zu ihrer Verteidigung. Glücklich wirkt sie dabei allerdings nicht.

Nach dem Unterricht warte ich wie verabredet am großen Eingangstor auf dich. Um mich herum lauter Kinder, die lachend und lärmend die Schule verlassen. In mir drin lauter Nashörner, die mich lachend und lärmend in den Wahnsinn treiben. Was fällt denen eigentlich ein, sich immer im unpassendsten Moment wie kleine Störenfriede aufzuführen? Ich würde sie gern so richtig anschreien, aber ich muss ja so tun, als wären sie gar nicht da. Deshalb ignoriere ich sie, so gut es geht.

Als du kommst, laufe ich einfach los und stolpere erst mal über einen Fünftklässler, der sich direkt neben mir seinen Schuh zubindet.

Ich hab den einfach nicht gesehen! „Ey, du blöde Kuh!“, schreit er zu Recht und reibt sich seinen Kopf. Ich entschuldige mich vielmals, aber er schnappt einfach nur seinen Rucksack und haut ab. „Es tut mir wirklich leid!“, rufe ich ihm noch hinterher, weil es bestimmt sehr wehgetan hat, als ich ihm mein Knie gegen das Ohr gerammt habe.

„Na, entschuldigst du dich schon wieder?“, fragst du grinsend, als du bei mir bist. Ich versuche einen Witz, aber es wird nur ein lahmer Spruch: „Ich glaube, meine Nashörner sind mal wieder mit mir durchgegangen.“ Du schüttelst lächelnd den Kopf. „Du bist irgendwie verrückt!“ Darf ich das als Kompliment sehen, Jan? Ach, ich frag lieber nicht, am Ende findest du mich wirklich komisch. Wir gehen in den Coffee-Shop um die Ecke und holen uns eine heiße Schokolade. Damit setzen wir uns auf die Barhocker am Fenster. Du siehst aus, als würdest du darauf warten, dass ich das Gespräch eröffne. Aber ich weiß überhaupt nicht, wie ich anfangen soll, deshalb sage ich einfach etwas ganz anderes.

Doch, Mist, woher wusstest du, dass ich auf die Nachhilfe hinauswollte? „Mathe ist mein schlechtestes Fach“, fährst du fort. „Ich lerne immer nur die Beispiele im Buch auswendig. Dann klappt es meistens, dass ich doch irgendwie eine Zwei bekomme, obwohl ich keinen richtigen Plan habe.“ Mann, ist das ekelhaft! Ich wusste gar nicht, dass sich auch Jungs mit ihren Noten aufspielen. Irgendwie würdest du dann doch gut zu Kröten-Caro passen, die hat auch nur Supernoten. „Hast du sonst nur Einsen, oder was?“, frage ich. Du kriegst rote Ohren und grinst entschuldigend. „Und Zweien. In Kunst eine Drei“, ergänzt du fast erleichtert. „Also ist Kunst mein schlechtestes Fach, hab ich ganz vergessen.“

„Ich hab in Kunst eine Eins“, sage ich und freue mich, dass ich wenigstens in einem Fach besser bin als du.

„Kein Wunder, so wie du zeichnest“, erwiderst du anerkennend. Wir reden noch ein bisschen über die Schule, ich erzähle, dass wir bald unser Praktikum machen, und weiß nicht, ob dich das überhaupt interessiert. Du holst nämlich irgendwann dein Smartphone aus der Tasche und guckst drauf. „Worüber wolltest du eigentlich genau mit mir reden? Meine Bahn fährt in zehn Minuten.“

Mein Herz sinkt mutlos nieder. Zehn Minuten! Davon brauchst du zirka fünf, um an die Haltestelle zu laufen. Das heißt, wir haben eigentlich nur noch fünf Minuten, um über das Eigentliche zu reden. Ich räuspere mich. „Tut mir echt leid, dass ich deine Schreibtischschublade einfach aufgemacht habe …“

„Ja, ist o. k.“, antwortest du und tippst dabei irgendwas auf deinem Smartphone. Also, das finde ich jetzt wirklich unhöflich.

„Kannst du mal aufhören?“, sage ich richtig energisch, sodass du überrascht innehältst. „Es tut mir wirklich leid! Dein Brief …“

„Jetzt entschuldige dich doch nicht schon wieder andauernd“, unterbrichst du mich. „Das nervt! Und das mit dem Brief ist nicht so schlimm. Ich kann halt nicht so wie du schreiben und zeichnen.“

„Aber das macht doch nichts. Ich fand ihn eigentlich ganz schön. Und Silvester fand ich auch schön.“

Ein Grinsen breitet sich in deinem Gesicht aus. „Ja, war ganz cool.“

„Und wie geht es jetzt weiter?“, hake ich vorsichtig nach, doch diese Frage scheint dir nicht zu behagen. Du schaust aus dem Fenster. „Wie soll's weitergehen?“, erwiderst du.

„Na ja, ich würde gern wissen, was du für mich empfindest!“ Endlich ist die Frage heraus und ein Nashorn schlägt einen Purzelbaum vor Erleichterung. Du siehst mich fast schon erschrocken an, dann seufzt du. „Weiß ich nicht.“

„Aber du musst doch wissen, ob dir das an Silvester was bedeutet oder nicht“, bohre ich weiter und jetzt stöhnst du entnervt auf. „Mann, Lea, mach dich doch mal locker. Ja, es war schön! Aber hast du dir schon mal dein dickes Liebesbrieftagebuch angeschaut und meinen Antwortbrief danebengehalten? Ich glaube, so ungefähr sind auch unsere Gefühle verteilt.“ Bam!! – das hat gesessen! Jetzt nicht weinen, bitte nicht weinen, Lea! Aber ich kann nichts dagegen tun, zwei fiese kleine Nashörner drücken links und rechts auf meine Tränendrüsen. Ich gucke

schnell weg. Doch du hast es bemerkt. Hilflos legst du deine Hand auf meine Schulter. „Wir können doch einfach mal gucken. Ich muss jetzt wirklich los. Sonst verpass ich meine Bahn. Ciao."

„Tschüss!" Ich versuche, so wenig wie möglich zu schniefen. Und dann läufst du davon – im wahrsten Sinne des Wortes.

Und wem lauf ich vor dem Coffee-Shop direkt in die Arme?

Mittwoch, 8. Januar

Ich könnt nur heulen …

Donnerstag, 9. Januar

Hab versucht, den Nashorn-Comic für die Schülerzeitung zu machen. Nichts klappt …

Freitag, 10. Januar

Also, Jan: Eigentlich wollte ich nie wieder an diesem Liebesbrief hier weiterschreiben, weil du so gemein zu mir warst. Aber ich kann nicht! Deshalb habe ich beschlossen, dass dies hier kein Liebesbrief mehr ist, sondern ein Tagebuch. Ein Tagebuch, das ich zufälligerweise an dich richte. O. k.? Für dich hat das trotzdem keine Bedeutung mehr. Und du wirst davon auch nie wieder etwas mitkriegen!

Als ich an dem Montag nach Hause kam, war ich so aufgelöst und traurig, dass ich beim Mittagessen einfach alles Mudda erzählt habe. Selbst der Troll hat was mitbekommen und hat mir mal kurz über den Rücken gestreichelt. Mensch, muss ich eine jämmerliche Gestalt abgegeben haben, wenn mein kleiner Bruder so was macht! Mudda hat mich dann kurzerhand mit in ihren neuen Laden genommen, wo ich ihr geholfen habe, die Wände zu streichen. Ende Januar haben sie und Gaby Eröffnung. Ich habe zwar protestiert, dass ich Mathe und Englisch lernen muss, aber Mudda meinte, das könne ich auch die nächsten Tage noch machen, jetzt müsse ich erst mal abschalten. Die Wände zu streichen hat mich auch tatsächlich ein bisschen abgelenkt. Na ja, und ich muss sagen, dass Muddas Trost diesmal auch echt gut war. Sie meinte, dass ich dich wahrscheinlich zu sehr unter Druck gesetzt habe. Und dass du überhaupt einen Antwortbrief an mich formuliert hättest, sei doch wirklich schon eine enorme Leistung für einen Jungen in deinem Alter. So habe ich das noch gar nicht gesehen, Jan. Vielleicht muss ich dir wirklich einfach nur mehr Zeit geben …

Pinky hat allerdings genau das Gegenteil gesagt. „Der Jan spinnt wohl! Lea, vergiss diesen Typen. Wir finden einen viel besseren für dich, glaub mir. Du musst einfach nur mal die Richtigen daten."

Tja, und wem soll ich jetzt glauben? Muddas Ansicht hat mir echt gut gefallen, aber Pinky kennt sich einfach besser aus mit Jungs in unserem Alter, außerdem ist sie seit über zwei Monaten in einer festen Beziehung. Gut, Mudda ist seit über 20 Jahren in einer festen Beziehung, aber da sie gerade eine Ehekrise nach der nächsten durchmacht, gewinnt eindeutig Pinky. Auch wenn mir das nicht wirklich passt, überlege ich, demnächst mal ein paar andere Jungs zu treffen. Heute Mittag kommt Yasar. Das ist kein Date – Yasar hat gesagt, dass er gut in Mathe ist. Trotzdem machen sich jetzt natürlich alle lustig über mich, von wegen Nachhilfe und so, der Klassiker, um sich näherzukommen. So ein Quatsch! Yasar ist ein guter Freund von mir und sonst nichts. Außerdem habe ich gesehen, wie traurig Julia geguckt hat, als sie erfahren hat, dass er mir Nachhilfe gibt. Das könnte ich ihr echt nicht antun. Sie ist leider so mittelmäßig in Mathe, also zu gut, um auch von Yasar Nachhilfe zu bekommen, und zu schlecht, um mir Nachhilfe zu geben. Ein wirklich blödes Schicksal. Ich hätte ihr Yasar gegönnt, aber er interessiert sich ja nun dummerweise nicht für sie.

Gleich beginnt die Nachhilfestunde. Zum Glück ist der Troll bei einem Freund und Mudda und Papa sind bei ihrer Therapiestunde. Denn auch wenn wir nur lernen werden, habe ich trotzdem keine Lust auf die *witzigen* Bemerkungen meiner Familienmitglieder.

Irgendwie glaube ich, dass Yasar immer noch auf mich steht. Ich will jetzt nicht so wie Julia abgehen, die ständig denkt, Yasar steht auf sie, nur weil er mal nett zu ihr war (mir bedeutet Yasar ja auch gar nichts und es würde mir echt leidtun). Aber es war einfach auffällig. Zuerst haben wir gelernt und er kann auch ganz gut erklären. „Das hätte ich dir gar nicht zugetraut“ ist mir rausgerutscht, worauf er ganz empört erwidert hat: „Hast du gedacht, ich bin dumm, oder was?“

Na ja, jedenfalls hat er sich irgendwann richtig neugierig erkundigt, was jetzt eigentlich mit dir und mir sei und ob ich noch traurig sei und so weiter. Und dann hat er dieses Buch hier auf meinem Schreibtisch entdeckt, obwohl ich ein paar Blätter Papier drübergelegt hatte.

Ich habe versucht, Yasar auszuquetschen, was du so über mich gesagt hast, aber er hat nur den Kopf geschüttelt und gemeint, das könne er jetzt nicht machen, und außerdem würden Jungs ja auch nicht lange über so was reden. „Im Gegensatz zu euch Mädels“, meinte er, „ist bei uns in fünf Minuten alles gesagt.“

Aber vielleicht macht Yasar sich auch einfach noch Hoffnungen und hat deshalb nichts gesagt. Wer weiß? Wenn, dann kann er das jedenfalls gut verbergen, denn als ich gefragt habe, ob er mit zum Silbermond-Konzert kommt, hat er zugesagt und gleichzeitig versprochen, dass er dich fragt, ob du auch mitkommst. Ich habe ihm eingeschärft, dass er das wie nebenbei tun soll und dir auf keinen Fall sagen darf, wie viel mir das bedeutet. Yasar hat mich ausgelacht. Aber irgendwie vertraue ich ihm, auch wenn er dein bester Freund ist. Er wird das schon richtig machen.

Samstag, 11. Januar

Bis zum Silbermond-Konzert dauert es leider noch eine Woche und ich weiß auch noch nicht, ob du mitkommst. Dachte, dass Yasar mir mal 'ne SMS schreibt, aber vielleicht hat er dich auch noch gar nicht gesehen und konnte dich noch nicht fragen. Heute Abend gehen wir erst mal alle zur Sternwarte und betrachten Muddas Stern durch ein Fernrohr. Gestern in der Schule sind Pinky und ich an dir vorbeigelaufen und da habe ich ganz laut gesagt: „Morgen Abend gehe ich mit meiner Familie in die Sternwarte. Ich freu mich schon total!“ Du hast es gehört und mich kurz angelächelt und jetzt hoffe ich, dass du da vielleicht auch auftauchst. So ganz zufällig!

Mann, hoffentlich bist du nicht zur Sternwarte gekommen, Jan! Mudda wollte davor noch zu Abend essen, aber Papa meinte, dass es zu spät dafür sei. Die ganze Autofahrt zur Sternwarte hat sich Mudda künstlich aufgeregt, warum wir jetzt mit knurrendem Magen dahin fahren müssten. Dabei hat sie bestimmt schon was geahnt. Der Troll hat rumgejammert, sein Arm sei schon halb taub, weil ich mich so breitmachen würde. Wir mussten nämlich hinten zu dritt sitzen, er, Oma und ich. In unserem kleinen Fiat Panda! Irgendwann hat Oma gerufen, wir sollen jetzt endlich alle die Klappe halten, das Gemaule sei nicht auszuhalten, worauf Mudda nicht Oma, sondern Papa wütend von der Seite angeschaut hat. Ihr Blick hieß so viel wie: *Du hast immer noch nicht mit ihr geredet!* Und Papa hat nur hilflos mit den Schultern gezuckt. Dann hat er schnell gesagt, dass wir uns an so einem schönen Abend doch nicht streiten sollten, und hat angefangen zu pfeifen. Es war die Melodie von *Ein Stern, der deinen Namen trägt* … da hätten uns eigentlich schon alle Leuchten aufgehen können.

Als wir in den Raum der Sternwarte kamen, dudelte irgendwo leise die gleiche Melodie. In der Ecke stand Papas Gitarre. Was uns ansonsten erwartet hat, war einfach umwerfend.

Bevor das Essen serviert wurde, haben wir alle nacheinander durch das Teleskop geguckt und uns von dem Mitarbeiter der Sternwarte Muddas Stern zeigen lassen.

Danach ist es richtig peinlich geworden. Eigentlich war es total schön, aber ich bin trotzdem sehr froh, dass es eine geschlossene Gesellschaft war. Der Mitarbeiter der Sternwarte hat die Musik ausgeschaltet und Papa hat seine Gitarre genommen. Und dann hat er gesungen! Bislang fand ich das Lied *Ein Stern, der deinen Namen trägt* nicht so besonders toll, aber Papa hat eine langsame, aber irgendwie trotzdem rockige Akustikversion draus gemacht. Boah, das war so berührend, dass ich fast geheult hätte! Auf jeden Fall hatte ich Gänsehaut – bei meinem Vater! Das ist unfassbar! Bei Mudda und Oma liefen tatsächlich ein paar Tränchen und der Troll hat sich umgeschaut, als würde er den Notausgang suchen. Mir war das auch alles echt unangenehm, besonders vor dem Mitarbeiter und dem buddhistischen Mönch in der Ecke. Ich habe mich sowieso die ganze Zeit gefragt, was der Mönch hier macht. Wenig später konnte ich es mir denken. Dann nämlich, als Papa sich vor Mudda hinkniete. Es kam noch dicker – er hat ihr einen Heiratsantrag gemacht!

Ich glaube, Mudda ist das *Ja* nur so leichtgefallen, weil sie eben schon verheiratet sind. Papa hatte den Mönch aus dem buddhistischen Zentrum in der Stadt kommen lassen, um ihn einen Segen sprechen zu lassen. Die beiden haben jeder eine weiße Blumenkette umgehängt bekommen und Mudda kam aus dem Weinen gar nicht mehr raus. Stürmisch ist sie Papa um den Hals gefallen. Selbst Oma Marion hat noch ein paar weitere Tränen vergossen, als das Eheversprechen auf diese Weise erneuert wurde.

Mudda weiß jetzt, dass es Papa richtig ernst ist mit ihrer Beziehung, aber beim Essen konnte sie es dennoch nicht lassen und hat ihm ins Ohr gezischt: „Um das Gespräch mit deiner Mutter kommst du trotzdem nicht herum!"

Alles in allem war es ein absurd guter Abend, das Essen war auch lecker.

Doch am schönsten ist deine SMS, die ich gerade auf meinem Handy entdeckt habe. *Hi Lea, vielen Dank für die Einladung zum Silbermond-Konzert. Ich komme gern mit euch! Viel Spaß beim Sternegucken. Jan*

Jetzt bloß nicht ausrasten! Ahhhh … das ist soooo süß! Yasar ist einfach der Größte! Ich wusste, dass er dich rumkriegt …

Sonntag, 12. Januar

Obwohl es zwischen Mudda und Papa seit gestern wieder extrem gut läuft, liegt sie ihm die ganze Zeit in den Ohren, dass er mit Oma Marion reden soll. Papa versucht ihr jedes Mal aufs Neue klarzumachen, wie schwer ihm das fällt, und Mudda antwortet dann meistens, dass man sich vor schwierigen Gesprächen nicht drücken kann. Wenn Oma Marion dazukommt, verstummen die beiden und Oma guckt ganz argwöhnisch. Die Therapeutin von Mudda und Papa ist aber anscheinend trotzdem ihr Geld wert. Das mit der Selbstentfaltung nehmen die beiden richtig ernst. Mudda hat ihren Laden – zusammen mit Gaby bereitet sie auf Hochtouren die Eröffnung am 25. Januar vor. Papa hilft auch mit, aber ihm ist trotzdem aufgefallen, dass er nichts zum Selbstentfalten hat. Deshalb hat er beschlossen, sich noch mehr seinem größten Hobby zu widmen – der Musik. Er will jetzt eine Band gründen und hat dazu eine Anzeige im Internet geschaltet. Bislang hat sich genau einer gemeldet, er war auch gerade kurz da. Ich hab ihm die Tür aufgemacht und bin fast in Ohnmacht gefallen: Der Typ sah aus wie George Clooney! Mudda und Oma waren auch ganz begeistert.

Besonders lustig war George Clooney alias Jürgen Schmidt aber nicht. Der hat sich voll was drauf eingebildet, dass ihm alle Frauen zu Füßen liegen, weil er so heiß aussieht. Habe deshalb auch ganz schnell beschlossen, ihn blöd zu finden. Papa war ganz meiner Meinung. Obwohl George Clooney jahrelang in einer Band gesungen und ein ganz passables Ständchen in unserem Flur gegeben hatte, schüttelte Papa ihm nach ungefähr zwei Minuten die Hand und sagte, dass er sich melden werde, sobald er sich entschieden habe. George alias Jürgen fragte verdutzt, ob Papa denn nicht noch mehr hören wolle. „Über den Recall muss ich noch nachdenken“, antwortete Papa zerstreut und schob ihn zur Tür hinaus. „So ein Lackaffe“, sagte er kurz darauf, und als Mudda und Oma mit enttäuschten Gesichtern einwandten, dass eine Zwei-Mann-Band doch immer noch besser wäre als keine Band, rief er gereizt: „Ich will nichts mehr hören!“

Ich kann Papa verstehen! Schließlich soll Mudda doch ihn bewundern, wenn er musiziert, da kann er keine George-Clooney-Götter neben sich dulden.

Mein Comic für die März-Ausgabe der Schülerzeitung ist jetzt fertig. Ich habe mich von dir inspirieren lassen, Jan. Wie findest du ihn?

Eigentlich sollte ich Mathe lernen. Aber es geht einfach nicht. Gerade ist der Troll in mein Zimmer gekommen. Er ist ziemlich verlegen für seine Verhältnisse und fragt, ob ich mich noch an Tammy erinnern würde. Natürlich! Mit roten Ohren sagt der Troll, dass er Tammy auf das Silbermond-Konzert einladen möchte, aber nicht weiß, wie er sie fragen soll. „Wie süß!" Ich fühle mich sehr geschmeichelt. „Mein kleiner Bruder fragt mich, die – ähm – erfahrene Schwester, um Rat in der Liebe."

„Ich bin doch nicht in Tammy verknallt!", ruft der Troll mit angeekeltem Gesicht. „Die Kleine braucht einen Denkzettel!", fügt er hinzu und hört sich an wie aus einer billigen Vorabendserie entsprungen.

„Wieso das denn?", frage ich irritiert.

„Weil diese Punktpunktpunkt mich in der ganzen Schule schlechtmacht. Ich hab bald nur noch Feinde wegen der!"

„Echt?" Ich bin baff. Das hört sich so an, als wäre der Troll das Mobbing-Opfer von Tammy. War er deshalb die letzten Wochen so mies drauf und wollte nicht in die Schule? „Warum ist Tammy denn so fies?"

„Na, wegen dir! Nur weil ich ihr dein langweiliges Tagebuch vorlesen wollte …"

Habe ich schon erwähnt, dass Tammy ein taffes Mädchen ist? Ich freue mich ja, dass sie mich rächen will, aber eigentlich ist für mich die Sache mit dem geklauten Tagebuch Schnee von gestern. „Hoffentlich will Tammy dann überhaupt mit zum Silbermond-Konzert", sage ich. „Wo ihr euch doch gerade nicht so gut versteht."

„Deshalb brauche ich ja den Tipp von dir“, sagt der Troll. „Du musst mir einen guten schleimigen Spruch sagen, auf den Mädchen total abfahren. Und wenn sie dann *Ja* sagt, lass ich sie eiskalt stehen …“

„Du spinnst wohl!“, rufe ich empört. „Rede lieber mal mit Tammy.“

„Nö, keine Lust“, antwortet der Troll und verzieht sich wieder. „Typisch, Lea!“, ruft er noch von draußen. „War ja klar, dass du mir nicht hilfst.“

Ich frage mich, was im Gehirn meines kleinen Bruders vor sich geht – vielleicht eine Mutation? Ist er auf dem Weg, ein noch schlimmeres Monster zu werden? Damit kann ich mich aber jetzt nicht weiter befassen, denn erstens müsste ich wie gesagt Mathe lernen und zweitens geht eben genau das nicht, weil der Troll mich an das Silbermond-Konzert erinnert hat. Was soll ich nur anziehen?

Nein, natürlich muss Pinky bleiben! „Wir lernen zusammen!“, rufe ich und schieße wie der Blitz aus meinem Zimmer. Mudda mustert mich mit hochgezogenen

Augenbrauen und fragt, ob ich noch was vorhabe. Entnervt schüttele ich den Kopf. „Hoffentlich geht das gut mit euch beiden“, sagt Mudda. „Wollte nicht dieser Junge mit dir üben? Wie heißt er doch gleich?“

„Yasar, ja, aber der kommt morgen und übermorgen“, sage ich und ziehe Pinky in mein Zimmer.

„Dann reicht es ja, wenn Yasar mit dir lernt“, meint Pinky und lässt sich auf mein Bett fallen. „In Mathe kann ich dir eh nichts beibringen. Bei mir ist auch Hopfen und Malz verloren. Was machst du eigentlich gerade für eine Modenschau?“, fragt sie mit einem Blick auf den Klamottenberg neben dem Spiegel. Als ich ihr erkläre, dass ich schon Sachen für das Silbermond-Konzert aussuche und anprobiere, lacht sie.

„Also, jetzt hör mal zu“, beginnt sie und sieht mir in die Augen. „Viel wichtiger als dein Outfit ist deine Ausstrahlung. Guck mal, in etwa so!“ Sie wirft den Kopf zurück und wirft mir einen herausfordernden Blick zu. „Und?“

Verunsichert schaue ich sie an. „Ähm, irgendwie kann ich keinen Unterschied feststellen … ich meine, im Vergleich zu den Sekunden davor.“

„Echt nicht?“ Sofort springt Pinky auf und betrachtet sich im Spiegel. „Aber ich hab doch total verführerisch geguckt. Mein Trick ist, dass ich mir dabei vorstelle, eine berühmte Sängerin oder Schauspielerin zu sein oder irgendeine andere Künstlerin, das ist egal. Hauptsache, du bildest dir ein, alle lieben dich. Dann hat man eine richtig selbstbewusste Ausstrahlung und das kommt bei den Jungs gut an. Gregor ist total drauf abgefahren. Komm, probier es auch mal.“

Statt Mathe üben wir also den Rest des Nachmittags *gucken und sich fühlen wie ein Star* – und jetzt hab ich ein schlechtes Gewissen. Aber ich hab ja noch zwei Tage! Yasar wird es schon richten …

Mittwoch, 15. Januar

Oh Mist! Ich habe mir wirklich Mühe gegeben – aber ich glaube, ich habe die Mathearbeit trotzdem verhauen. Dabei haben Yasar und ich hochmotiviert gelernt. Am Montag habe ich nur einmal zwischendurch den Kopf gehoben. „Was hat der Jan eigentlich zu der Einladung zum Silbermond-Konzert genau gesagt?“

Yasar hat gestöhnt und mich kopfschüttelnd angeschaut. „Mann, Lea! Konzentrier dich auf die Aufgaben! So kann das ja nichts werden.“

„Ja, weil ich mich nicht konzentrieren kann, wenn ich nicht weiß, wie der Jan reagiert hat“, habe ich erwidert und demonstrativ meinen Stift hingelegt.

Yasar hat geseufzt. „Na schön. Er hat gesagt: *Cool, ich komme mit*. Und als ich gesagt hab, er soll dir eine SMS schreiben, hat er geantwortet: *Ja, mach ich*. Zufrieden?“

Geht so! Yasar musste dich also extra darauf hinweisen, dass du mir eine SMS schreibst. Na ja, wenigstens kommst du mit auf das Konzert und freust dich anscheinend auch drauf. Leider konnte ich mich deshalb trotzdem nicht besser auf die Matheaufgaben konzentrieren. Ich habe aber absichtlich kein Wort mehr über dich verloren. Falls Yasar doch noch in mich verliebt sein sollte, dann wäre das ja wirklich gemein, wenn ich die ganze Zeit von dir reden würde.

Heute nach der Schule war noch Treffen von der Schülerzeitung. Im Treppenhaus hat mich Yasar abgefangen und wollte alles über die verkorkste Mathearbeit wissen. „Ich hatte ein Blackout“, erzähle ich ihm und dass ich auch nicht verstehe, wieso anscheinend niemand mir Mathe erklären kann. Aus den Augenwinkeln sehe ich, wie du an uns vorbeiläufst. Kurz bleibst du stehen, dann haust du uns auf die Schultern. „Ciao, ihr beiden“, sagst du und bist auch schon an uns vorüber. In mir hat sich ganz kurz ein Nashorn bewegt, um sich dann auch schon wieder träge in meiner gesamten Magengegend niederzulassen. „Ich muss jetzt zum Schülerzeitungstreffen“, sage ich zu Yasar und will gehen.

„Klar, da komme ich mit“, antwortet Yasar und läuft auch schon neben mir her. Was geht denn jetzt ab? Nur weil er mir Nachhilfe gibt und wir befreundet sind, braucht er mich nicht gleich zu verfolgen, oder? Mein Verdacht, dass er doch noch was von mir will, erhärtet sich schlagartig. Ich bleibe vor ihm stehen und ein Nashorn erhebt sich kampfeslustig gegen Yasar.

Yasar erklärt mir, dass in der Schülerzeitung eine Foto-Lovestory von unserem Theaterstück geplant ist und er deshalb zur Sitzung eingeladen worden ist. Ich bin beruhigt. Leider bedeutet dies auch, dass Kröten-Caro anwesend ist. Mit wichtiger Miene sitzt sie bereits am Tisch, als wir reinkommen, und sagt, dass sie nicht lange Zeit hat, weil sie zum Klavierunterricht muss. Die Redaktion tut ihr daraufhin den Gefallen und zieht den Punkt mit der Lovestory vor. Chris, unser Klassenstreber, will die Fotos höchstpersönlich knipsen. „Das wird ein ganz heißes Ding“, meint er und ich finde, er tut, als wäre er an einer Sensationsstory dran. Es ist nur eine blöde Fotoserie unseres noch blöderen Theaterstücks. Ich bin jedenfalls froh, dass die Aufführungen vorbei sind. Dass ich mich jetzt für die Fotos noch mal als Magd verkleiden muss, passt mir nicht so, aber da muss ich wohl durch. Ich will ja keine Spielverderberin sein. Nachdem ein Termin für das Fotoshooting vereinbart worden ist, gehen die Teilnehmer der Theater-AG wieder. Frido war übrigens auch dabei, ist mir gar nicht aufgefallen. Seit er nicht mehr mit Paula zusammen ist, wirkt er noch unscheinbarer als früher – das tut mir richtig leid.

Ich bleibe jedenfalls noch weiter in der Schülerzeitungssitzung, da ich ja auch die Comiczeichnerin bin. Stolz blicke ich mich um, aber keiner nimmt großartig Notiz von mir. Dafür bemerke ich, dass hier mehr süße Jungs mitmachen, als ich gedacht hätte. Der Kleine mit den dunklen Locken und der Brille ist echt niedlich. Aber der große Blonde ist auch nicht schlecht. Nur ist der schon in der Oberstufe und beachtet mich nicht. Der Kleine leider auch nicht.

Als ich Chris meinen Känguru-Comic für die März-Ausgabe rüberschiebe, betrachtet er ihn lange. Dazu zieht er tatsächlich seine Brille ab und kaut gedankenverloren auf einem Bügelende rum. Klischee, komm raus und sag diesem Typen, dass er peinlich ist. Leider sagt niemand was und ich bin zu feige, schließlich geht es gerade um meinen Comic und da will ich mich lieber nicht unbeliebt machen. Nach zwei Minuten hat Chris immer noch nichts gesagt. „Was ist, verstehst du ihn nicht?“, frage ich und fange an zu erklären:

„Also, das Nashornbaby hat mit seinen Keksen im Beutel gekrümelt, deshalb kratzt sich das Känguru …“

„Ja, ja, ja“, unterbricht mich Chris und hebt zur Verstärkung die Hand. Sofort verstumme ich. „Ich überlege nur gerade … irgendwie finde ich es nicht so … wie soll ich sagen … na ja, irgendwie …“, er macht eine lange, bedeutsame Pause, „… nicht so lustig.“ Die anderen nicken zustimmend und mir bleibt der Protest im Halse stecken. Stattdessen lache ich hilflos. Diese Möchtegern-Zeitungsmacher! Wie kommen die dazu, meine Comiczeichnung so niederzubügeln? Die haben doch alle keine Ahnung! Ein Mädchen aus der Oberstufe hat anscheinend Mitleid mit mir. „Ach, kommt!“, sagt sie. „Die Unterstufe findet so was doch total süß! Für die brauchen wir schließlich auch was in unserer Zeitung.“ Chris streicht sich über seinen nicht vorhandenen Bart. „Ja, für dieses Mal ist es o. k. Aber ich hoffe, dass dir für die April-Ausgabe was Lustigeres einfällt.“

Am liebsten würde ich auf der Stelle die Sitzung verlassen. Warum nur mach ich das nicht einfach? Stattdessen sitze ich brav bis zum Ende dabei und habe das Gefühl, eine Versagerin zu sein!

Mudda hört nicht auf, Papa zu bedrängen, dass er endlich mit Oma reden soll. Deshalb hat Papa gestern zu Oma gesagt, dass er nachher noch ein Gespräch mit ihr führen muss. „Warum nachher?", erwidert Oma. „Schieß los! Oder hast du Geheimnisse vor deiner Familie?"

Am Tisch ist es mucksmäuschenstill und Papa wird zusehends unruhiger. Aber was bleibt ihm übrig? Also haspelt er: „Es geht um deine Wohnung – äh, unsere Wohnung, meine ich. Du kannst dort nicht bleiben …"

„Wieso? Wollt ihr mich etwa nicht mehr bei euch haben?", unterbricht Oma ihn mit großen Augen. Jetzt *Ja* zu sagen, das bringt Papa einfach nicht. Das können wir ihm alle an der Nasenspitze ansehen. „Nein, nein", beeilt er sich auch schon zu antworten. „Es ist nur so … also, wir können gar nichts dafür. Der Vermieter, weißt du, der Vermieter möchte die Wohnung an jemand ganz anderen vermieten. Eigentlich ist sie bereits vergeben, zum 1. Februar, genau, da zieht jemand ein, der sich die Wohnung schon angeschaut hat, bevor du überhaupt auf die Idee gekommen bist …"

Oma Marion kneift die Augen zusammen. „Das hättest du mir auch mal früher sagen können. Wo soll ich denn jetzt hin?"

Wir starren sie entsetzt an. „Hast du deine alte Wohnung etwa schon gekündigt?", fragt Papa mit tonloser Stimme.

„Pah!" Oma Marion verdreht die Augen und schaufelt ohne ein weiteres Wort ihr restliches Abendessen in sich hinein. „Diesen

Nachmieter möchte ich gern mal kennenlernen“, sagt sie, bevor sie nach unten in ihre Wohnung geht.

Tja, und jetzt sitzt Papa gerade mit einem Bewerber für die Band im Wohnzimmer und bearbeitet ihn, dass er den Nachmieter spielt. Bin mal gespannt, ob das gutgeht.

Weil Oskar (der Mann mit dem Cello) so gut gespielt hat, nimmt Papa ihn für die Band. Oskar freut sich auch darüber, er hat nur ein Problem. „Ich kann das eurer Oma nicht antun! Sie ist so nett! Morgen rufe ich sie an und sage ihr, dass ich von der Wohnung zurücktreten werde."

Jetzt muss sich Papa also aufs Neue überlegen, wie er Oma dazu bekommt, auszuziehen. „Klare Worte sind das beste Mittel bei deiner Mutter", meint Mudda, aber selber will sie auch nicht mit ihr reden. „Auf mich hört sie sowieso nicht!"

„Na, meinst du auf mich?", erwidert Papa verzweifelt.

Darauf kommt von Mudda immer das gleiche Totschlagargument: „Du bist ihr Sohn!"

Samstag, 18. Januar

Mittlerweile hat Papa noch ein drittes Bandmitglied gefunden, Hajo, er spielt Geige. Mehr Mitglieder soll die Band nicht haben, Papa findet, ein Cello, eine Geige und eine Gitarre reichen vollkommen aus. Singen wird er selbst – dass er das kann, hat er uns ja schon bewiesen. Folk-Pop nennt er die Musikrichtung seiner Band, die noch keinen Namen hat, geschweige denn ein eigenes Lied. „Das wird fantastisch!", schwärmt er uns beim Frühstück vor. „Wir haben gleich heute unsere erste Probe … und dann können wir vielleicht schon bei der Eröffnung deines Ladens ein kleines Konzert geben", sagt er zu Mudda. Sie guckt nicht so begeistert. „Du wolltest uns doch heute im Laden helfen", sagt sie. „Wir müssen die Regale aufbauen."

„Ich dachte, das macht Gabys Mann?", entgegnet Papa, und bevor Mudda sauer werden kann, fügt er hinzu: „Denk an unsere Selbstentfaltung!"

Ich möchte mich auch selbst entfalten, aber ich bin nicht sicher, ob das irgendwen in dieser Familie interessiert. „Heute Abend ist das Silbermond-Konzert!", werfe ich ein.

„Ja, bis zum Abend sind wir mit der Bandprobe längst fertig", winkt Papa ab.

Oma Marion legt ihre Hand auf meine. „Lea, du weißt aber schon, dass da noch ganz viele andere Bands auftreten?"

„Na und, aber auf Silbermond freue ich mich am meisten." Man könnte auch sagen, Silbermond ist die einzige Band, auf die ich mich freue. Aber das ist egal, am schönsten ist sowieso, dass du heute Abend mitkommst, Jan. Da fällt mir ein, ich habe noch gar nicht weitergeübt, wie ein Superstar zu gucken. Unwillkürlich spitze ich meinen Mund und versuche einen verführerisch verträumten Blick in die Ferne. Meine Familie starrt mich an. „Warum guckst du denn so eingebildet?", fragt der Troll angewidert und ich plumpse unsanft zurück in mein normales Leben. „Guck ich gar nicht!", zische ich ihn an.

„Doch, wohl!"

Vielleicht sollte ich erst einmal üben, nervige kleine Brüder zu ignorieren.

„Kinder, kein Streit!", sagt Oma Marion und Mudda seufzt, weil sie vermutlich schon wieder befürchtet, Oma könne die Familienherrschaft an sich reißen. „Freut euch lieber auf das Konzert. Wir werden Hans Goldeisen treffen!“ Omas Stimme überschlägt sich wie immer fast vor Begeisterung, wenn es um Hans Goldeisen geht. „Ich habe schon mit Conny telefoniert. Sie kommen leider erst kurz vor dem Konzert in der Stadt an, aber danach dürfen wir zu ihr in den Backstage-Bereich. Na?“ Sie sieht uns an, als erwarte sie Beifall.

„Heißt das, ich kann Silbermond kennenlernen?“ Jetzt überschlägt sich fast meine Stimme. Oma guckt leicht säuerlich. „Freust du dich denn gar nicht auf deine Tante? Ihr habt euch schon so lange nicht mehr gesehen!“

„Stimmt, ich erinnere mich kaum noch, wie sie aussieht“, nicke ich und Mudda wirft ein: „Auf den Fotos ist sie immer so schlecht getroffen.“

„Wir werden sie heute Abend schon erkennen“, sagt Papa.

Jetzt ist Abend! Ich bin fertig angezogen, geschminkt und warte darauf, dass ihr kommt, also du, Yasar und Pinky. Den ganzen Tag habe ich versucht, mich wie ein Superstar zu fühlen, was ziemlich schwer war, denn ich habe Mudda und Gaby geholfen, die Regale im Laden aufzubauen, und ich glaube, so etwas tun Stars eher nicht. Ich habe mir dann einfach vorgestellt, ich sei eine berühmte Schauspielerin, die eine Rolle spielt, in der sie Regale aufbaut. Das hat aber auch nicht viel geholfen, da mir der Film ziemlich langweilig vorkam. Dafür haben Mudda und Gaby die ganze Zeit miteinander geflüstert. Obwohl sie nur Nebenrollen in meinem Film waren, haben sie für die meiste Spannung gesorgt. Zwischendurch sind sie sogar mal verschwunden und Mudda hat etwas von einer kleinen Überraschung gesagt. Wie ein echter Star habe ich versucht, total lässig und nicht neugierig zu sein. Aber auch das ist mir nicht gelungen und ich bin immer noch total gespannt, wann Mudda denn endlich ihr kleines Geheimnis lüftet. Also, die Star-Gefühle muss ich echt noch üben! Ich denke auch nicht, dass Stars so sehr mit ihren Nashörnern zu kämpfen haben wie ich.

Meine Nashörner haben heute nämlich schon ihr eigenes Konzert in meinem Bauch gefeiert, deshalb würde ich sie zur Strafe am liebsten zu Hause lassen. Das geht nur leider nicht, diese nervigen kleinen Dinger sind einfach immer dabei!

O. k., genug der irren Gespräche. Gerade hat es geklingelt!

Es waren nur die beiden Freunde vom Troll …

Sonntag, 19. Januar

Toll! Natürlich haben mich die Nashörner gestern mal wieder blamiert. Aber nicht nur die …! Ich hoffe, der Abend hat dir trotzdem irgendwie gefallen, Jan.

Kaum sind die beiden Freunde vom Troll hereingekommen, da klingelt es schon wieder. Du bist es! „Bin ich der Erste?", fragst du verlegen. Ich schüttle den Kopf. „Nein, die Freunde vom Troll, äh, von Tim sind auch schon da. Komm doch noch mal mit in mein Zimmer …"

In meinem Zimmer setzt du dich auf mein Bett und betrachtest die knallbunte Wand, die ich letzten Sommer angestrichen habe. „Krasse Farben", sagst du und es schwingt ein bisschen Anerkennung mit. „Du hast es künstlerisch echt drauf, was?" Ist das jetzt Ironie? Oder meinst du das ernst? Ich kann es nicht einschätzen, aber ich entschließe mich, es als Kompliment aufzufassen. Das passt außerdem sehr gut zu meinem Konzept, mich wie ein Superstar zu fühlen. Leider macht mir ein Nashorn gleich den ersten Strich durch die Rechnung.

Mann, das mit der berühmten Malerin war doch nur ein Witz! Aber offensichtlich hast du den nicht verstanden. Tja, Pinky meinte ja auch nur, dass man sich wie eine Berühmtheit *fühlen* soll – davon, es auszusprechen, war nie die Rede gewesen. Jetzt hältst du mich bestimmt für total eingebildet! Das mit dem Ankuscheln ist mir auch ziemlich peinlich. Zum Glück lässt du dir vor Pinky und Yasar nichts anmerken. Wir stehen alle im Flur herum und warten darauf, dass wir losgehen. Oma ist auch noch mal hochgekommen. „So, können wir?“, fragt sie mit funkelnden Augen, nachdem sie allen die Hände geschüttelt hat, die sie noch nicht kannte. „Du hast voll die coole Omi“, flüstert Yasar mir ins Ohr.

Mudda und Papa sind immer noch nicht fertig, als es schon wieder klingelt. „Wer ist das denn noch?“, wundert sich Oma. „Hallo?“, fragt sie in die Gegensprechanlage. Kurze Stille, dann: „Aha! Komm rauf!“ Sie öffnet die Wohnungstür. „Wer ist es denn?“, erkundige ich mich neugierig. Oma Marion zuckt mit den Schultern. „Keine Ahnung. Ich habe nur *Ami* verstanden." Aus dem Treppenhaus hören wir *tapp, tapp, tapp* ein paar eilige Schritte die Stufen heraufspringen. Kurz darauf steht Tammy im Türrahmen. Oma Marion hört auch immer schlechter. Der Troll starrt Tammy an. „Was willst du denn hier?", fragt er total unfreundlich.

„Mit aufs Konzert!", sagt Tammy ein bisschen trotzig.

„Das war ein Witz!"

„War es nicht!", schreit Tammy den Troll an. Oh, noch jemand, der die Witze der Familie Kirchberger nicht versteht. „Du hast mich eingeladen, also komme ich auch mit!"

„Du spinnst wohl, du blöde Kuh!", blökt der Troll zurück.

Ratlos schauen wir anderen uns an. Natürlich wollen wir erst einmal wissen, was überhaupt los ist. Es stellt sich heraus, dass der Troll es tatsächlich so gemacht hat, wie er es mir letztens erzählt hat. Er hat Tammy zum Konzert eingeladen, um sie dann eiskalt abzuservieren. Das Blöde ist nur, dass Tammy die Abfuhr gar nicht geschnallt hat. Weil ich nicht möchte, dass jetzt auch noch vor allen die Geschichte mit meinem Liebesbrieftagebuch erzählt wird, ziehe ich Tammy schnell aus der Runde beiseite und spreche mit ihr. Ich erzähle ihr, dass der Troll nur so gemein zu ihr war, weil sie anscheinend seit Wochen in der Schule über ihn lästert. „Na und, er hat es verdient!", stößt Tammy wütend hervor. „Hast du vergessen, dass er dein Tagebuch geklaut hat?"

„Nein, hab ich nicht", sage ich und bin ganz ruhig. „Aber man muss auch verzeihen können." Mann, das klingt, als wäre ich irgendeine Nonne oder Heilige. Gleichzeitig komme ich mir jedoch sehr

erwachsen vor, wie ich so dem neunjährigen Mädchen ins Gewissen rede. Cooles Gefühl! Tammy hört mir aufmerksam zu und sieht am Ende ein, dass sie dem Troll in der Schule nicht mehr das Leben schwer machen soll. Schließlich ist das auch nicht besser als Tagebücher klauen. Sie geht zu ihm, streckt ihm die Hand hin und entschuldigt sich.

„Entschuldigung angenommen“, sagt der Troll. „Wir haben aber trotzdem keine Karte mehr.“

Während Oma ruft: „Es ist kein Silbermond-Konzert, da treten auch ganz viele andere auf, zum Beispiel Hans Goldeisen!“, meint Mudda plötzlich zu Tammy: „Weißt du was? Du kannst meine Karte haben. Ich muss nicht unbedingt zu dem Konzert. Dann kann ich noch mal in den Laden. Dort gibt es noch so viel zu machen bis nächsten Samstag. Wisst ihr, dann haben wir Eröffnung.“

„Oh, super! Da kommen wir vorbei!“, ruft Pinky und ich frage mich, wen sie so alles mit *wir* meint. Vielleicht auch dich, Jan? Das wäre ja …

„Schön!“, lacht Mudda und hebt plötzlich die Arme wie ein kleines aufgeregtes Kind. „Ach, ich habe noch etwas für euch!“ Und wie aus dem Nichts zieht sie ein paar Flyer hervor und verteilt sie an uns alle. Das ist also ihre kleine Überraschung: Tragt es in die Welt hinaus: Der Buddha-Mudda-Laden eröffnet am

25. Januar um 11 Uhr. Mit Livemusik und vielen mystischen Überraschungen. Diese Zettel haben Mudda und Gaby offensichtlich heute Mittag produzieren lassen. „Du nennst deinen Laden *Buddha-Mudda-Laden*?", frage ich. Hoffentlich hörst du meinen ungläubigen Unterton, Jan. Er soll dir sagen, dass ich meine Mutter für verrückt halte. Mudda bemerkt es auf jeden Fall. „Gefällt dir der Name nicht?", fragt sie enttäuscht. „Gaby und ich haben so lange überlegt. Wir dachten, er klingt nach Tante-Emma-Laden, nur eben buddhistisch. Also, zum Wohlfühlen, und trotzdem bleibt man erst einmal rätselnd davor stehen."

„Auf jeden Fall!", sagst du und Mudda strahlt dich an. „Das wird ein Kundenmagnet, hundertprozentig", nickt Yasar. Ihr seid doch alle Schleimer!

„Ach, ich glaube, ich helfe dir heute Abend im Laden", sagt Papa plötzlich zu Mudda. „Ich muss auch nicht unbedingt zum Konzert …" Er kommt nicht weiter, denn jetzt baut sich Oma vor ihrem Sohn auf. „Natürlich musst du mit!", sagt sie streng. „Wenn deine Frau keine Lust hat, ist das ihre Sache, aber da singt heute Abend auch deine Schwester, die du sehr lange nicht mehr gesehen hast …!"

„Ach so", murmelt Papa kleinlaut. „Conny hatte ich ganz vergessen." Hilfe suchend blickt er zu Mudda, doch sie winkt ab. „Lass nur", sagt sie. „Ihr seht euch so selten, Conny und du."

So fahren wir also ohne Mudda, aber mit Papa zum Konzert.

Auf der Hinfahrt bin ich total nervös, sodass ich überhaupt nicht weiß, was ich sagen soll. Zum Glück reißen Pinky und Yasar einen Spruch nach dem anderen, du gehst drauf ein und ich entspanne mich irgendwann auch. Tammy versteht sich mit ihren drei Jungs ebenfalls blendend und der Troll sieht sogar richtig glücklich aus. Ich denke, er ist doch ein bisschen in Tammy verknallt, auch wenn er das nicht zugeben will. Oma ist sowieso gut drauf und Papa gibt sich Mühe.

Alles deutet auf einen lustigen Abend hin.

Doch dann die Katastrophe: Als wir auf die Konzerthalle zulaufen, kommt mir schon etwas komisch vor. Der Eingang ist mit glitzernden weißen Girlanden geschmückt und darüber steht in geschwungener Schrift *Musikalische Winterzeit*. Außerdem sind noch ein paar Musiknoten neben den Buchstaben zu sehen. Mich beschleicht ein sehr merkwürdiges Gefühl, das leider bestätigt wird, als Oma unsere Tickets vorgezeigt hat und wir die Halle betreten. Hier ist alles genauso kitschig winterlich geschmückt wie draußen. Auf der Bühne gucken unechte Rehe zwischen einem Tannenwald hervor und ein paar Schlitten stehen auch noch verloren herum. Vor der Bühne sind lange Bierzelttische aufgebaut, auf denen kleine karierte Deckchen liegen und silbern schillernde Gestecke stehen. „Kommt, wir setzen uns hier vorn hin, da haben wir einen guten Blick!“, sagt Oma und schiebt den Troll und seine Freunde zu einer langen Bank. Wir folgen ihr und auch du guckst jetzt ziemlich misstrauisch. Yasar nimmt eines der Gestecke und wedelt

der kreischenden Pinky damit im Gesicht herum. Jetzt hat sie ganz viel Glitzer auf der Nase. „Kinder, bitte!“, sagt Oma kopfschüttelnd. Ich setze mich auf die Bank neben sie, weil gegenüber – neben dir – kein Platz mehr ist. Eine dicke, verschwitzte Frau hat ihn mir weggeschnappt.

„Ich bestelle uns mal was zum Trinken!“ Papa sieht sich nach den Bedienungen um. Es sind schon einige Leute im Saal und in einem hatte Oma recht: Es ist ein Mehr-Generationen-Festival. Allerdings fehlt genau eine Generation – und zwar MEINE! Viele ältere Leute sind da und Familien mit kleineren Kindern, die in Dirndl, Westen und Lederhosen herumlaufen. „Das sieht hier ja aus wie bei einem Volksmusikfest!“, entfährt es mir. Oma guckt mich vergnügt an. „Aber du weißt doch, was Hans Goldeisen für Lieder singt!“

Ja, das weiß ich – aber ich habe kein einziges Mal darüber nachgedacht. Ich dachte, wir gehen zu einem Festival, bei dem Silbermond und andere coole Bands spielen. Und Hans Goldeisen würde ich in Kauf nehmen. Stattdessen ist Silbermond anscheinend die einzige coole Band unter ansonsten lauter musikalischen Nieten. Wenigstens etwas! Mal schauen, wann sie spielen. Ich nehme eines der Programme, die auf dem Tisch herumliegen, und klappe es auf. Da sind einige Bands aufgelistet … doch Silbermond sehe ich nicht. Mein Herz stockt – mit meinem Zeigefinger gehe ich noch mal Band für Band durch, Hans Goldeisen habe ich schon entdeckt … plötzlich bleibt mein Finger an einer Band hängen: *Silberstern* steht da. SilberSTERN???

„Oma?“ Ich rüttle Oma Marion, die gerade mit dem Troll und seinen Freunden redet, panisch an der Schulter. „Wieso ist Silbermond hier nicht aufgelistet?“, frage ich, obwohl ich es mir längst denken kann.

Oma dreht sich zu mir. „Nicht? Das ist aber komisch! Zeig mal.“ Sie rückt ihre Brille zurecht und steckt ihre Nase ins Programmblatt.

Ich brülle Oma ins Ohr, dass meine Lieblingsband SilberMOND heißt, aber anscheinend findet sie das nicht so schlimm. „Mond oder Sterne, das ist doch alles am Himmel“, lacht sie. „Der Unterschied wird schon nicht so groß sein …“ Oh doch, das wird er! Am liebsten würde ich heulen. „Ich hab mich so auf Silbermond gefreut“, sage ich mit erstickter Stimme. Da wird Oma etwas ungehalten. „Lea, das tut mir wirklich leid, aber mach jetzt bitte keinen Aufstand. Immerhin sind wir wegen Hans Goldeisen und Conny hier!"

Hans Goldeisen und Tante Conny können mich mal! Dass ICH Silbermond nicht sehen kann, ist ja nicht mal das Schlimmste … aber was soll ich denn dir, Yasar und Pinky sagen? Die ganze Zeit habe ich vom Silbermond-Konzert gesprochen und jetzt sind wir auf einem Volksmusikfest, auf dem Silbermond noch nicht mal einen winzigen Auftritt hat. Am liebsten würde ich unter den Tisch sinken und heimlich durch die langen Reihen zum Ausgang kriechen. Unsicher schaue ich euch drei an, ihr sitzt mir grinsend gegenüber. „Coole Kulisse!", sagt Yasar belustigt. „Dass Silbermond hier auftritt, ist echt krass!", nickt Pinky. Du fächelst dir mit einem Programm Luft zu, reingeschaut hast du anscheinend noch nicht. „Voll warm hier", sagst du zu mir. „Du bist auch schon ganz rot im Gesicht."

Ich werde noch röter. „Die Halle ist total überheizt", sage ich, da beugt sich Pinky über den Tisch. Sie hat das Programm aufgeschlagen. „Du, hier steht gar nichts von Silbermond", meint sie verwundert. Ach, wirklich?

Ich versuche ein klägliches Grinsen. „Ja, das wollte ich euch schon die ganze Zeit sagen. Meine Oma hat sich leider geirrt." Ich erzähle von der peinlichen Verwechslung und ihr guckt mich kurz mit aufgerissenen Augen an, dann lacht ihr ungläubig. „Ist nicht wahr!", prustet Pinky. „Wir sind auf einem echten Volksmusik-Konzert? Wie cool!"

COOL? Meine beste Freundin ist doch immer wieder für eine Überraschung gut … auch Yasar grinst und du findest es wohl zum Glück ebenfalls nicht so schlimm. „Hey, heute rocken wir mal so richtig ab!“, ruft Yasar und jetzt muss ich mitlachen. Wenn ihr das so seht …!

Plötzlich steht die Frau neben dir auf und setzt sich woandershin. Du klopfst auf den freien Platz. „Komm doch mal rüber“, sagst du. „Damit wir besser schunkeln können.“ Das lass ich mir natürlich nicht zweimal sagen!

Das Konzert beginnt. Obwohl es furchtbare Musik ist, jodeln, grölen und schunkeln wir tüchtig mit, sodass die anderen Gäste sich schon fast gestört von uns fühlen. Das ist uns jedoch egal, wir haben unseren Spaß! *Silberstern* ist besonders grausig, sie singen von Herzschmerz und haben Textzeilen wie *Du sahst mich nur lächelnd an, so schön wie im Roman* … Auch Papa ist peinlich berührt und stopft sich heimlich Stöpsel in die Ohren. Der Troll und seine Freunde sitzen mit langen Gesichtern da. Die Einzige, die sich mit uns freut, ist Oma Marion, weil ihr die Musik wirklich gefällt und sie nicht merkt, dass wir einfach nur das Beste aus der Situation machen. Und ich muss gestehen, dass es wirklich das Beste ist! Beim Schunkeln legst du den Arm um mich und jetzt darf ich mich an dich kuscheln, ohne dass es dir peinlich ist. Das ist so fantastisch – ich hoffe, dieses Volksmusik-Festival wird niemals zu Ende gehen …

Schließlich kommt Hans Goldeisen mit Tante Conny und seinen anderen beiden Backgroundsängerinnen auf die Bühne und jetzt geht ihr so richtig ab, weil ihr inzwischen wisst, dass es sich um meine Tante handelt. „Conny, I love you!“, brüllt Yasar durch den Saal, während ich am liebsten im Erdboden versinken würde. Du lachst mich an und drückst mich kurz ein wenig fester an dich. Das tröstet mich dann doch ziemlich! Während Hans Goldeisen mit seinen schrecklichen Liedern loslegt, sitzt Tante Conny verträumt auf einem Schlitten im Hintergrund. Leider steht ein Reh davor.

„War das nicht wundervoll?“, sagt Oma ganz hingerissen, als das Konzert zu Ende ist und wir den Saal verlassen müssen. Ich nicke begeistert, und bevor ich etwas antworten kann, schleimt sich Yasar bei Oma ein: „Das war das beste Konzert meines Lebens, Frau Kirchberger. Echt, der Hammer.“ Oma Marion lächelt stolz und Yasar schüttelt ihr zum Dank artig die Hand. Dabei macht er fast eine Verbeugung! Was geht denn mit dem ab? „So, dann kommt mal mit, jetzt lernen wir Hans Goldeisen persönlich kennen“, lacht Oma und stolziert voran. Am Eingang der Hinterbühne wird sie jedoch von zwei breiten Männern aufgehalten. Ihre dunkelblauen Bomberjacken tragen fett die Aufschrift *Security*. „Mal langsam, junge Frau“, sagt einer und stellt sich vor die verschlossene Tür. „Hier ist die Reise zu Ende!“

„Meinen Sie etwa mich?“ Oma Marion kann es nicht fassen, dass er sie *junge Frau* genannt hat. „Ich möchte zu meiner Tochter. Cornelia Kirchberger …“

„Kenn ich nicht“, brummt der Security-Mann.

„Also, wirklich!“ Hilflos guckt sich Oma Marion um. „Jetzt tu doch auch mal was!“, fährt sie Papa an. „Was denn?“, blafft der zurück. „Meinst du, ich lege mich mit so einem Schrank an, damit ich abtransportiert werde?“

„Wohin denn abtransportiert?“, fragt Tammy und auch die anderen Freunde vom Troll sehen jetzt wieder etwas lebhafter aus, nachdem sie das Konzert unbeschadet überstanden haben.

„Was weiß ich!“ Papa hebt die Schultern. „Zur Polizei oder ins Krankenhaus. Man weiß nie, wozu die Security alles fähig ist …“

„Ganz genau“, brummt der Security-Mann zustimmend und verschränkt die Arme vor der Brust.

Oma Marion hat inzwischen ihr Smartphone aus ihrer Handtasche herausgeholt und telefoniert. „Hallo, Conny? Ja, Mutti hier – du, die wollen uns einfach nicht zu euch lassen. Ja … ja … ja, ist gut, bis gleich!“ Sie sieht uns an. „Sie kommt!“

Eine halbe Stunde später steht Tante Conny endlich vor uns. Sie sieht aus wie ein Insekt.

„Das ist deine Tante?“, fragst du ein wenig entgeistert und ich lächle entschuldigend. Seine Verwandtschaft kann man sich ja bekanntlich nicht aussuchen, nicht wahr?

Oma Marion umarmt Conny stürmisch und gibt ihr rechts und links ein Küsschen. „Ihr wart großartig! Schade, ich hätte Hans Goldeisen so gern mal persönlich kennengelernt. Aber Hauptsache, du hast ein wenig Zeit für uns!“

„Das ist doch selbstverständlich“, erwidert Conny hoheitsvoll.

„Warum tragen Sie eigentlich so eine riesige Sonnenbrille?“, fragt Tammy und spricht damit aus, was wir alle denken. Es ist Winter, spätabends! Ich nehme an, Tante Conny wird uns gleich aufklären, dass es sich um ein Modeaccessoire handelt. Falsch!

„Weißt du, ich bin eine Person des öffentlichen Lebens“, lächelt sie. „Ein Star sozusagen! Die Sonnenbrille trage ich, damit mich auf der Straße nicht jeder sofort erkennt.“

„Hahahahaha!“ Papa lacht schallend und haut seiner Schwester auf die Schulter. „Hahaha! Ganz die alte Conny! Voller Selbstironie, herrlich!“

Sonst lacht keiner.

„Was ist Selbstironie?“, fragt der Troll.

„Das ist, wenn man sich selbst nicht so ernst nimmt“, erklärt Oma Marion ihm.

„Nehmen Sie sich selbst nicht ernst?“, fragt Tammy Tante Conny.

Tante Conny weiß für einen Moment nicht, was sie antworten soll. Dann winkt sie ab. „Was soll ich dazu sagen! Mein Bruder erträgt es einfach nicht, dass ich es in der Musikbranche geschafft habe und er nicht …“

„Papa hat jetzt aber auch eine Band!“, ruft der Troll dazwischen.

Diesmal ist es Papa, der abwinkt. „Wir sind erst ganz am Anfang! Ich mach das auch nur hobbymäßig …“

„Viel Glück“, fällt Conny ihm ins Wort, dann massiert sie sich plötzlich mit ihren Fingerspitzen die Schläfen. „Seid mir nicht böse, aber ich habe nach so einem Auftritt oft solche Kopfschmerzen. Es ist ja auch schon spät und die Kinder müssen ins Bett …“ Redet sie etwa von uns? Gut, der Troll und seine Freunde müssen vielleicht nach Hause, aber wir bestimmt noch nicht. Was mich nur extrem beunruhigt, ist, dass meine Freunde plötzlich so still geworden sind. Yasar und Pinky stehen ganz eingeschüchtert da, so als hätten sie es wirklich mit einem Star zu tun … Ja, im Gegensatz zu mir hat Tante Conny es voll drauf! Sie weiß, wie es geht, und hat keine Probleme damit, sich als Star zu fühlen, obwohl sie keiner ist. Ich glaube, ich muss mal ein ernstes Wörtchen mit Pinky reden! Vielleicht hat sie aber auch gerade die gleichen Gedanken wie ich: Wenn man nicht so wie Tante Conny enden will, sollte

man nie wieder versuchen, sich als Star zu fühlen. Schlagartig wird mir bewusst, dass der spaßige Teil des Abends vorbei ist. Jetzt schäme ich mich wirklich in Grund und Boden für meine Schlagertante. Und dass ihr so sprachlos neben mir steht, Jan, bestätigt mir das Ganze nur.

Tante Conny hat sich ein Taxi gerufen. „Ich melde mich morgen früh bei dir, Mutti", sagt sie und gibt Oma ein Küsschen auf die Wange. „Dann gehen wir beide in Ruhe frühstücken. Tschühüss!" Sie winkt dem restlichen Haufen kurz zu, bevor sie in das Taxi steigt und davonbraust.

Nun weißt du, warum ich bislang nie viel von Tante Conny geschrieben habe, Jan. Man kann nicht sagen, dass sie und Papa sich nicht mögen würden. Ich glaube, sie haben einfach keinen Draht zueinander. Wir haben ja auch so gut wie nie Kontakt, auch wenn Oma sich immer darum bemüht. Tante Conny lebt einfach in einer anderen Welt.

Vorhin hat Oma uns übrigens von dem Frühstück mit Conny vorgeschwärmt – Hans Goldeisen war nämlich auch dabei und jetzt ist sie megastolz, dass sie ihn endlich mal kennengelernt hat. Und bei Facebook ploppte gerade die Meldung auf: *Marion Kirchberger und Hans Goldeisen sind jetzt Freunde.* Aber ehrlich – darum beneidet sie von uns niemand.

Wenn Pinky recht hat mit ihrer Behauptung, dass wir eine On-off-Beziehung führen, Jan, dann frage ich mich: In welchem Zustand befinden wir uns seit Samstagabend? Also, *OFF* ja wohl nicht, sonst hättest du mich nicht in den Arm genommen, oder? Aber *on* irgendwie auch nicht, weil der Abschied dann ganz verhalten war. Du hast mich mal wieder genauso umarmt wie die anderen. Aber vielleicht sind wir ja auf dem Weg zum *ON*.

Dafür ist das Konzert in der großen Pause Thema Nummer eins. Wir stehen heute alle zusammen, du, Yasar, Pinky und ich. Julia, Paula und Kröten-Caro und ein paar aus ihrer Gefolgschaft sind auch dabei. Frido steht wieder abseits, weil Paula immer noch nicht mit ihm redet. Julia schmachtet Yasar an, aber als sie hört, dass wir alle zusammen auf dem Konzert waren, werden ihre Augen ganz schmal. „Lea hat voll die berühmte Tante!“, tönt Yasar und niemand von uns klärt auf, dass wir auf einem Volksmusik-Konzert waren. Kröten-Caro lächelt – spöttisch zwar, aber sie lächelt. Vermutlich, weil sie nicht einschätzen kann, ob meine Tante nun wirklich berühmt ist oder nicht. Wenn ich genau darüber nachdenke, haben Kröten-Caro und Tante Conny irgendwie Ähnlichkeit miteinander – beide finden sich extrem toll und glauben, dass sie eine Menge Fans haben. Nur dass ich bei Kröten-Caro dummerweise nachvollziehen kann, dass es ein paar Vollidioten gibt, die auf ihre Schönheit reinfallen und sie wirklich toll finden. Solche Typen sind halt total oberflächlich und gehen nur nach Äußerlichkeiten. Ich hoffe mal, du bist nicht so!

Frau Sauerwein hat heute gesagt, dass wir uns schon mal vorab bei unserem Praktikumsplatz vorstellen sollen, bevor unser Schülerpraktikum dann am 3. Februar losgeht. Pinky meinte später, dass sie schon längst im Tattoo-Studio war und die Frau voll cool und nett sei. „Hast du eigentlich an den Entwurf für meine Tätowierung gedacht? Gregor fragt auch schon dauernd danach“, sagte sie noch und deshalb habe ich heute endlich mal ihren Hai entworfen. Pinky ist total begeistert und Gregor wohl auch. Na ja, ich muss jetzt mal bei dem Illustrator anrufen und mit ihm einen Termin vereinbaren, damit wir uns vorab schon mal kennenlernen.

Mann, hab den gerade angerufen und der wirkte voll verpennt. Ich hab irgendwie kein gutes Gefühl. „Spreche ich mit dem Illustrator Ole Hinkler?“, habe ich gefragt und meinen Namen genannt. Da hat er erst mal ins Telefon geraunzt, dass er Künstler sei und kein gewöhnlicher Illustrator. Danach hat er lange gegähnt und gesagt, ich könne nächsten Montag vorbeikommen.

Dienstag, 21. Januar

Wir haben die Mathearbeit zurückbekommen – „YEAH!" Yasar hat mich in der Pause wie einen Pokal hochgehoben und gejubelt. Julia hat ganz geschockt ausgesehen. Ich habe ja auch nicht verstanden, wieso er sich über eine Vier minus so freuen kann. „Mann, in so kurzer Zeit!", meinte Yasar. „Das ist ein voller Erfolg! Wir machen auf jeden Fall weiter. Ich tu dir als Lehrer eindeutig gut." Eingebildet ist der auch gar nicht …

Im Zeugnis bekomme ich trotzdem eine Fünf, das hat Herr Schmidt schon gesagt. Zum Glück habe ich in der Englischarbeit eine Drei. Und in Deutsch bekomme ich eine Zwei im Zeugnis, also alles im grünen Bereich.

Mudda und Papa haben meine Vier minus kaum zur Kenntnis genommen. Papa hat jetzt jeden Abend Bandprobe, damit es am Samstag mit dem Auftritt bei Muddas Ladeneröffnung klappt. Er ist schon supernervös, angeblich aber nur, weil Mudda so supernervös ist. Die beiden schaukeln sich gegenseitig hoch. Deshalb hat Papa die Bandproben jetzt auch kurzerhand in Omas Wohnung verlegt. Ich glaube, er hofft, Oma auf diese Weise zu vertreiben, aber das Gegenteil ist der Fall. Oma freut sich total, wenn die drei Herren sie besuchen, und kocht ihnen dann immer ein deftiges Essen. Deswegen haben Oskar und Hajo auch überhaupt nichts dagegen, jeden Abend zum Proben vorbeizukommen.

Mittwoch, 22. Januar

Findest du es auch so schlimm, wie sich Paula gegenüber Frido verhält? Wahrscheinlich bekommst du das gar nicht so mit, Jan, aber ich muss dieses Elend jeden Tag live erleben, in unserer Klasse. Mittlerweile beachtet Paula Frido überhaupt nicht mehr und das finde ich echt unmöglich. Ich habe Frido gesagt, dass er doch trotzdem noch in der Pause zu uns kommen kann, aber er hat nur traurig den Kopf geschüttelt. Seit Paula mit ihm Schluss gemacht hat, ist er wieder so wie früher – voller Minderwertigkeitskomplexe. Alles, was Frau Sauerwein in ihrer Power-AG aus ihm herausgeholt hat, ist von Paula anscheinend wieder zunichtegemacht worden. Er hat mir so leidgetan, dass ich Paula in der Pause mal zur Rede gestellt habe. Sie hat gerade an so einem überzuckerten Getränk genuckelt, als ich von hinten ankam.

Ich habe Paula noch viel mehr gesagt. Dass Frido sowieso Probleme hat, Freunde zu finden, und sie ihn jetzt auch noch ausschließe. Dass sie bestimmt nicht genauso behandelt werden wolle. Dass sie wie verwandelt ist und ich sie gar nicht wiedererkenne. Ich hab mich richtig in Rage geredet.

Irgendwann ist mir Paula ins Wort gefallen. „Boah, Lea, auf was für einem Trip bist du denn?“

„Wieso?“, frage ich verständnislos.

„Denk doch mal daran, was du mit Yasar gemacht hast. Da war es wohl kein Problem, was?“

Ich muss schlucken. Das mit Yasar war etwas ganz anderes. Er hatte mich einfach geküsst und danach gedacht, wir seien zusammen. „Aber du und Frido, ihr wart doch ein echt schönes Paar“, meine ich zu Paula.

Sie lacht. „Du und Yasar auch.“

„Stimmt überhaupt nicht!“, mischt sich jetzt Julia ein und ich nicke ihr dankbar zu.

„Yasar und ich waren überhaupt kein Paar“, sage ich. „Und außerdem sind wir jetzt gute Freunde.“

Mit einem lauten Schlürfen trinkt Paula ihren Getränkekarton leer. „Was kann ich dafür, wenn Frido nicht mit mir befreundet sein kann? Er macht sich doch die ganze Zeit noch Hoffnungen. Übrigens wäre ich mir bei Yasar mal nicht so sicher, ob der wirklich nur freundschaftliche Gefühle hat.“

„Wie meinst du das?“, fragen Julia und ich wie aus einem Mund, während Paula ihre leere Getränkepackung gegen den Mülleimer pfeffert. (Sie kann nicht so gut zielen.) „Ich sag nur Nachhilfe …“, trällert sie lachend.

„Du machst doch nur Spaß“, sagt Julia leise und mir fällt auf, dass sie schon lange nicht mehr ihren Spaß-Tick angebracht hat.

„Yasar hat mal zu Julia gesagt, dass sie viel niedlicher wäre, wenn sie nicht dauernd *Spaß* sagt“, klärt Pinky mich später auf. Sie ist übrigens nicht der Meinung, dass Yasar noch etwas von mir will. „Der ist doch zu allen Mädchen so nett. Darauf würde ich mir nichts einbilden …“

Wie gern würde ich ihr glauben. Also, ich seh das natürlich auch, dass Yasar einfach mit allen Mädchen klarkommt. Er ist immer so süß und macht ihnen Komplimente, da fahren die Mädels natürlich drauf ab. Bei mir ist er mit Komplimenten viel sparsamer, aber genau das finde ich irgendwie verräterisch. Oh, hoffentlich bilde ich mir das nur ein, aber ich glaube, Yasar behandelt mich doch ein bisschen anders als die anderen Mädchen. Und das könnte ein weiteres Zeichen dafür sein, dass er doch noch in mich verliebt ist. Ich glaube, ich muss mal genauer darauf achten, ob es noch mehr Hinweise gibt.

Oh Gott, heute Nachmittag ist etwas passiert, das man als eindeutigen Hinweis interpretieren könnte. Gut, eigentlich ist es eher zweideutig. Aber wenn man bedenkt, dass in der Liebe die Dinge meistens zweideutig sind, dann war das heute doch eindeutig. Wir von der Theater-

AG hatten das Fotoshooting mit der Schülerzeitung. Dazu sind wir extra raus aus der Stadt zu so einer Burgruine gefahren. Ganz schön umständlich, aber es ist ja eine Vampir-Geschichte und Chris wollte unbedingt eine gute Kulisse für seine Bilder. Wir haben alle unsere Kostüme mitgenommen und Frido hatte sogar extra das Huhn Elsa von seinem Bauernhof mitgebracht. Auf der Burgruine hat die Kälte durch alle Ritzen gepfiffen und wir haben uns den Allerwertesten abgefroren. Wenn wir fotografiert wurden, durften wir nämlich unsere Jacken nicht anlassen, sondern mussten in unseren dünnen Kostümen posieren. Ich hab ganz schön geschlottert. Zum Glück hatte ich ja nur die kleine Szene, in der ich als Magd meiner Herrin (also Kröten-Caro) das Huhn bringe. „Schön vorsichtig", hat Frido gesagt, als er Elsa aus ihrem Käfig rausgeholt und mir in den Arm gedrückt hat. Dabei hat der Wind seine Locken zerzaust und mir ist aufgefallen, wie lieb Frido aussieht. Ich habe ihm gesagt, dass ich Paulas Benehmen voll blöd finde, aber er hat nur mit den Achseln gezuckt. Dann habe ich auf meine Fotoszene gewartet. Ja, und kurz davor ist es passiert, nämlich in einer Fotoszene mit Kröten-Caro und Yasar.

Frido und ich sind Elsa hinterhergerast, während Kröten-Caro mit Yasar rumgemotzt hat, weil er sich nicht ans Drehbuch gehalten hat. Da stand nämlich überhaupt nichts von einem Kuss. Ich bin immer noch ganz verwirrt und frage mich, warum Yasar das gemacht hat. Eigentlich gibt es nur zwei Erklärungen. Entweder ist er in Kröten-Caro verknallt, was aber echt komisch wäre, weil er mal zu mir gesagt hat, dass er Zicken-Mädchen nicht leiden kann. Außerdem hat er sich ihr Gemotze nicht lang angetan, sondern hat sich einfach umgedreht und geholfen, Elsa einzufangen. Also, was ich damit sagen will: Nach seinem Kuss mit Kröten-Caro ist er zu MIR gekommen. Deshalb trifft wohl eher die zweite Erklärung zu: Yasar ist noch immer in mich verknallt und will mich mit Kröten-Caro eifersüchtig machen. Dazu kann ich allerdings nur sagen: Das funktioniert kein bisschen! Denkt er vielleicht, ich hätte plötzlich Gefühle für ihn, weil er sich an Kröten-Caro ranmacht? Total lächerlich!

Freitag, 24. Januar

Der Vermieter von Omas Wohnung, also ich meine, von Papas Wohnung, hat sich gemeldet. Er möchte demnächst mit ein paar Interessenten Besichtigungstermine ausmachen, damit er die Wohnung ab März wieder neu vermieten kann. Übernächste Woche kommt er vorbei. So hat Papa das auch an Oma weitergegeben, aber Oma hat es nicht verstanden. „Warum hast du ihm nicht gesagt, dass ich die Wohnung haben möchte?“

Papa hat rumgedruckst, ich glaube, er war kurz davor, Oma die Wahrheit zu sagen, doch dann meinte sie nur lächelnd: „Ah, er möchte mich wohl persönlich kennenlernen. Ich verstehe! Na, das kriegen wir schon hin, meine Kuchen haben bislang noch jeden überzeugt …“

Jetzt hofft Papa, dass er den Vermieter überzeugen kann, sich für einen anderen Bewerber zu entscheiden.

Von Mudda habe ich heute kaum was gesehen. Nach der Therapiestunde mit Papa ist sie direkt wieder in ihren Laden gefahren, um mit Gaby alles für die Eröffnung morgen fertigzustellen. Man kann ihre Aufregung förmlich spüren – ich glaube, in ihr toben gerade auch eine Menge Nashörner. Ist aber auch kein Wunder, schließlich haben schon viele angekündigt, dass sie morgen vorbeischauen werden. Sogar Gregor kommt mit, hat Pinky mir erzählt. Und Yasar und du habt mir auch schon zugesagt. Da hab ich mich riesig gefreut, auch wenn ich ein bisschen Schiss hab, dass meine Nashörner oder meine Familie oder noch besser alle zusammen mich wieder blamieren … *Buddha-Mudda-Laden* … ich kann immer noch nicht glauben, dass Mudda und Gaby diesen Namen ausgewählt haben …

Samstag, 25. Januar

Du musst das Leben nicht verstehen …

Dieser Satz ist von Rainer Maria Rilke. Hat mir Mudda gesagt. Ich habe ihn aber heute auf einem Plakat gelesen, als ich zum Buddha-Mudda-Laden gefahren bin. Da hätte ich noch nicht gedacht, dass der Satz mich mal trösten könnte. Vielmehr hab ich überlegt, warum ein Partyservice mit so einem Satz wirbt. Und was wohl Rilke sagen würde … Der Satz ging noch weiter, aber da war die Bahn schon vorbei. Ist ja auch egal.

Fakt ist: Mudda und Papa sind heute Morgen in aller Frühe in den Laden gefahren, um die allerletzten Vorbereitungen zu treffen. Papa wollte noch einen Soundcheck machen, weil seine Band ja spielen wird. Der Troll hat bei einem Freund übernachtet und kommt mit dem und seinen Eltern zum Laden, und Oma meinte, sie habe noch was zu erledigen, sie komme nach. Ja, und ich? Ich habe natürlich ausgerechnet heute verschlafen. Das ist unglaublich, wo ich mich doch so auf dich gefreut habe.

Es ist schon halb elf. In aller Eile ziehe ich meinen Elefanten-Pulli und meinen Jeansrock an, nehme mir in der Küche noch ein Brot und eine Banane und renne los. Im Treppenhaus höre ich Stimmen aus Omas Wohnung, anscheinend hat sie Besuch.

Dann sitze ich Banane mampfend in der Bahn und sehe aus den Augenwinkeln dieses komische Plakat.

Als ich im Laden ankomme, sind schon einige Leute da. Mudda und Gaby haben wirklich ganze Arbeit geleistet. Der Laden ist nicht so groß, aber gut genutzt. Eine Wand ist mit Bio-Klamotten ausgestattet, direkt daneben befindet sich eine Mini-Umkleidekabine. An der anderen Wand stehen große Regale, in denen alles für ein wertvolles, esoterisches Leben angeboten wird. Ein paar Artikel davon finden sich im Schaufenster: natürlich ein großer Buddha, außerdem ein paar Lebensratgeber, Kerzen, Räucherstäbchen, Schmuck, bunte Kissen und Teegläser. An der Kasse liegen Flyer, auf denen

Mudda ein paar Kurse und natürlich auch immer noch ihre Universums-Therapie anbietet, auch wenn sie zuletzt keine Kunden mehr hatte. Ein schmaler Gang führt zu einem Hinterzimmer, in dem sie dann die Kurse halten möchte. Papa, Hajo und Oskar haben sich vor dem Gang aufgestellt und spielen ein paar Cover-Versionen von Liedern, die ich nicht kenne. Aber ich muss sagen, dass ich es nicht schlecht finde, die Musik passt irgendwie zur Eröffnung. So viel Geschmack hätte ich meinen Eltern gar nicht zugetraut. Der Laden gefällt mir echt gut und die Stimmung ist super. Gaby und Mudda verteilen heißen Tee an die Kunden und plaudern ein bisschen mit ihnen. Und dann stehst du plötzlich hinter mir und alles hätte so schön sein können. Wenn ich mich nicht umgedreht hätte.

Das kann doch jetzt nicht wahr sein! Warum bringst du Kröten-Caro mit zu der Eröffnungsfeier von Muddas Laden? Warum, Jan? Offensichtlich hast du vergessen, dass wir an Silvester von ihr rausgeschmissen wurden, aber ich weiß es noch ganz genau! Gut, vielleicht hat auch Yasar sie mitgebracht, aber das ist eigentlich ganz egal, denn ich will diese Kröte definitiv hier nicht haben. Punkt!

Meine Nashörner gehen in die Startlöcher, doch ich versuche, mir nichts anmerken zu lassen. Schließlich kann ich nicht so einen Aufstand machen wie Kröten-Caro an Silvester – das hier ist Muddas Eröffnungsfeier, die ich ihr nicht vermiesen möchte. Also genieße ich die Musik, verteile zusammen mit Mudda Yogi-Kekse und schaue zu, wie Gaby kleine Plastikbuddhas verlost.

Irgendwann kommen auch Pinky und Gregor dazu. Pinky ist vom Laden begeistert und hat Mudda als Einweihungsgeschenk eine kleine Winkekatze mitgebracht, die Mudda mindestens genauso begeistert auf die Kasse stellt. Gregor guckt sich noch etwas skeptisch um. „Wollen wir mal hoffen, dass Buddha die Leute auch nach dieser kleinen Feier hier noch reinlockt“, sagt er, doch Pinky versetzt ihm einen

Rippenstoß. „Der Laden wird natürlich super laufen", prophezeit sie und kuschelt sich an seinen Arm. Und er legt seinen Kopf auf ihren, das sieht voll süß aus.

„Ihr seid wirklich ein schönes Paar", sage ich fast ein bisschen neidisch, als Gregor mal auf die Toilette geht. Kaum zu glauben, dass Gregor zwei Gesichter haben soll. „Benimmt er sich eigentlich immer noch so blöd, wenn er mit seinen Freunden zusammen ist?", erkundige ich mich.

„Das werden wir heute Abend sehen", erwidert Pinky. „Da gehen wir nämlich alle zusammen weg. Ich freu mich schon", stöhnt sie und rollt mit den Augen. „Aber was nimmt man nicht alles für die Liebe auf sich."

Ich will gerade etwas antworten, da sehe ich aus den Augenwinkeln, wie du auf der anderen Seite des Ladens Kröten-Caro umarmst. Einfach so und richtig lange! „Jetzt reicht's!", zische ich und in mir ruft ein Nashorn: „Auf die Plätze, fertig, los!" Dann renne ich auf euch zu. „Ihr beiden seid so gemein, wisst ihr das überhaupt!", brülle ich und ich glaube, ich wäre wirklich auf euch losgegangen, wenn Yasar und Pinky mich nicht aufgehalten hätten. Kröten-Caro schaut mich verwundert an, dann lächelt sie abschätzig. „Merkst du eigentlich nicht, wie peinlich du bist?", sagt sie nur kopfschüttelnd.

Ich bin peinlich? In mir wird ein Nashorn so riesengroß, dass ich glaube, ich platze gleich. „Lea, beruhige dich doch mal", sagt Yasar leise, doch ich reiße mich einfach von ihm und Pinky los und stürze aus dem Laden.

Draußen fange ich hemmungslos an zu schluchzen. Es ist mir egal, dass die Besucher vom Buddha-Mudda-Laden mich schief oder mitleidig anschauen. Mudda hat meinen kleinen Aufstand mitgekriegt und kommt mir nach. Sie nimmt mich in den Arm. „Du musst das Leben nicht verstehen …", sagt sie nur und ich muss kurz unter Tränen lachen. „Hast du das bescheuerte Plakat heute Morgen auch gesehen?" Mudda nickt lächelnd und drückt mich noch mal fest an sich. „Ja, das Plakat ist wirklich blöd. Aber der Gedichtanfang ist von Rilke, einem meiner Lieblingsdichter." Ich finde Rilke in diesem Moment sehr tröstlich und kann Mudda verstehen. Pinky ist jetzt auch bei mir und streichelt mir über das Haar. Wie gut, dass es Menschen gibt, die für einen da sind. Plötzlich vernehmen wir ein Räuspern. „Lea?", fragst du vorsichtig. „Kann ich mal mit dir reden?"

Sofort verziehen Pinky und Mudda sich und ich stehe beklommen vor dir. Du siehst aus, als würde es dir leidtun, aber ich kann deinen Gesichtsausdruck nicht richtig deuten. „Was war das denn eben?", fragst du. Hier draußen ist es ziemlich kalt.

„Kannst du dir das nicht denken?", stelle ich zitternd die Gegenfrage. Mann, was bin ich für eine weinerliche Zicke! Ich wische mir die Tränen von den Backen. „Tut mir leid", sage ich mit etwas festerer Stimme. „Meine Nashörner …"

„Lass doch mal die Nashörner aus dem Spiel", sagst du. „Das mit Caro hast du in den falschen Hals bekommen. Wir verstehen uns einfach gut und sind befreundet. Sie hat gerade ein Problem mit … ach, ist ja egal, sie hat ein Problem und da hab ich sie halt mal in den Arm genommen."

„So ist das!?“ Ich schlucke und in mir flackert neue Hoffnung auf. „Hab ich jetzt mit meinem Anfall alles kaputt gemacht?“

Du siehst mich lange an, aber zwischen uns steht das fette Nashorn, das gerade nicht bereit ist, Platz zu machen für irgendeine Art von Nähe.

Ich nicke kaum merklich. Will ich das jetzt wirklich hören? Du räusperst dich und kratzt dich kurz an der Nase. „Also, ich hab jetzt schon mal darüber nachgedacht, und, ja, ähm, ich mag dich voll gern! Du bist irgendwie verrückt und auch süß …“, du machst eine Pause. Wenn du was von mir wolltest, würdest du mich jetzt küssen. Aber da ist ja das Nashorn im Weg! „Ich empfinde schon was, aber ich glaube, es reicht nicht“, sagst du leise und mir läuft schon wieder eine Träne über die Nase und bleibt an der Spitze hängen. „Aber wir könnten es doch einfach mal probieren", entgegne ich. Wenn man etwas empfindet, kann man doch einfach mal gucken, das hast du im Coffee-Shop selbst gesagt.

Du zuckst mit den Achseln. „Ja, das könnten wir. Aber weißt du, ich komme mit deinem Liebesbrief nicht klar. Wenn ein Mädchen so was macht, dann muss sie doch ziemlich verknallt sein, oder?" Ja, das bin ich. Und? „Ich will dir einfach nicht wehtun."

O. k., sehr löblich, Jan – es tröstet mich trotzdem kein bisschen. Aber wenigstens einen letzten Rest Haltung will ich jetzt noch bewahren. „Ich schreibe überhaupt keinen Liebesbrief mehr", lüge ich und ziehe die Nase hoch. „Bild dir mal nicht zu viel ein, Jan Wildemann. Du bist doch einfach nur ein Feigling!"

Und damit lasse ich dich hier draußen stehen, hole drinnen meine Jacke und fahre mit der Bahn zurück nach Hause. Als ich an dem Rilke-Plakat vorbeifahre, gucke ich schon wieder zu spät hin – jetzt habe ich die zweite Zeile immer noch nicht gelesen.

Bin inzwischen zu Hause und weiß nicht, was ich machen soll. Von Pinky kommt noch eine SMS: *Wir finden einen viel Besseren für dich!*

Wie denn? Wie soll ich jemand Besseren finden, wenn einem doofe Nashörner ins Ohr flüstern: „Es gibt niemand Besseren als den Jan!"

Ich habe dich so lieb, Jan! Wir haben ein Uhr nachts und ich kann nicht schlafen … Immer wenn ich mich hinlege, schrecke ich nach ein paar Minuten wieder hoch, so als wäre etwas ganz Schlimmes passiert. So ist es ja auch: DU WILLST MICH NICHT. Jedenfalls nicht so richtig. Du bist mir so unheimlich wichtig, und es tut mir weh, wenn du damit nichts anfangen kannst. Warum hat sich Silvester so schön angefühlt und trotzdem ist nichts daraus geworden? Warum fühlt sich das mit dir richtig an und trotzdem macht es dir Angst? Warum soll es falsch sein? *Du musst das Leben nicht verstehen …*

Ich hab aber verstanden, dass du nicht genug für mich empfindest und deshalb nicht mit mir zusammen sein willst. Also muss ich mich jetzt irgendwie entlieben. Mein Kopf kann es versuchen und hoffen, dass das Herz irgendwann nachzieht. Im Moment kann ich aber nur heulen, Tag und Nacht. Wie soll das denn gehen, sich entlieben? Ich glaube, das ist unmöglich! Ich hasse alle Nashörner …

Sonntag, 26. Januar

Mir geht es immer noch nicht besser. Habe heute Morgen in Muddas Bücherregal nach einem Ratgeber gegen Liebeskummer rumgewühlt und den (Achtung, Ironie!) besten Tipp aller Zeiten gefunden, wie man davon loskommt:

Tun Sie etwas! Wenn Sie nicht wissen, was Sie tun sollen, so tun Sie irgendwas und das ziemlich gut.

Ich liebe Psycho-Tipps …

Ein weiterer Tipp zum Abschiednehmen: *Schreiben Sie all Ihre Probleme, die Sie loswerden möchten, auf ein Blatt Papier und falten Sie daraus einen Flieger. Lassen Sie den Flieger von einem hohen Gebäude losfliegen und mit ihm all Ihre schweren Gedanken.*

Ich schreibe auf ein weißes Blatt Papier JAN WILDEMANN. Dann gehe ich zum Troll rüber und sage ihm, dass er mir einen Flieger falten soll, und zwar einen, der richtig gut und weit fliegt. Mein kleiner Bruder starrt auf deinen Namen. „Ich glaube, der Jan ist zu alt für Papierflieger“, sagt er. „Ich habe auch noch nie von Mädchen gehört, die mit Papierfliegern das Herz eines Jungen erobert haben.“

„Halt die Klappe und mach einfach!“, sage ich und frage mich, woher der Troll so neunmalkluge Weisheiten hat. Ist er etwa über Nacht erwachsen geworden? „Bist du eigentlich mit Tammy zusammen?“, erkundige ich mich so beiläufig wie möglich. Wenn er jetzt noch früher eine Freundin hat als ich einen Freund, heule ich. Natürlich erst, wenn ich wieder in meinem Zimmer bin. Der Troll wird doch erst zehn! Er darf nicht vor mir Glück in der Liebe haben!

„Das geht dich nichts an“, sagt der Troll, dann hat er den Flieger fertig und lässt ihn einmal durchs Zimmer sausen. Ich schnapp mir schnell das Teil und verzieh mich wieder.

Pinky und ich haben uns auf den Stadtterrassen verabredet. Genau der richtige Ort, um Abschied zu nehmen. Es ist windig, also wird dein Name gut fliegen, Jan! Als ich ankomme, steht Pinky schon an der Brüstung und schaut auf unsere Stadt hinab. Sie erschrickt ein bisschen, so als hätte sie noch nicht mit mir gerechnet. „Du siehst aber müde aus“, stelle ich fest. „Wie war es denn gestern mit Gregor und seinen Freunden?“

Pinky winkt ab. „Reden wir nicht davon“, sagt sie und redet dann aber doch weiter: „Die wollten in so einen Club ab 18, aber da kam ich natürlich noch nicht rein. Also bin ich wieder nach Hause gegangen.“

Entgeistert starre ich sie an. „Jetzt ernsthaft? Und Gregor? Ist der etwa in den Club gegangen?“ Als Pinky nickt, schnappe ich nach Luft. „Das ist ja unfassbar!“

„Er hat mich aber gefragt, ob ich ihm böse bin, wenn er trotzdem in den Club geht …“, versucht Pinky sich oder vielmehr Gregor zu verteidigen, doch damit stößt sie bei mir auf taube Ohren.

„Also, weißt du, Gregor wird mir immer unsympathischer. Ich an deiner Stelle würde mir das nicht länger antun. Ich würde Schluss machen.“

Pinky schüttelt den Kopf und grinst jetzt sogar ein bisschen. „Ich aber nicht, Lea!“ Und das sagt sie mit so einem Nachdruck, dass ich ein bisschen rot werde. Nur weil ich gerade so auf Verabschiedung bin, muss das ja nicht auch für Pinky gelten. Trotzdem finde ich Gregor bescheuert, sorry! Aber das ist ihr Ding.

„Weshalb sollte ich eigentlich hierherkommen?“, fragt Pinky jetzt.

Ich erzähle ihr von meinem Vorhaben und sie umarmt mich kurz.

„Super, Lea“, sagt sie. „Das ist die beste Entscheidung seit Langem. Der Jan wird über die Dächer der Stadt segeln, weit fort …“ Sie macht eine ausladende Handbewegung und blickt versonnen in die Wolken. „Und wenn du den Flieger nicht mehr siehst, dann hast du den Jan schon fast vergessen.“

„Hoffentlich hast du recht“, antworte ich und nehme den Flieger aus meiner Tasche. Noch einmal tief durchatmen und dann wird es Zeit, sich zu verabschieden.

Mann, was für ein beschissener Zufall, im wahrsten Sinne des Wortes! Pinky und ich sind schnell die vielen Stufen in die Stadt runtergerannt, um den Flieger zu holen. Nicht auszudenken, wenn du ihn finden würdest! Gut, das wäre wirklich unwahrscheinlich, aber dass ausgerechnet ein Vogel draufkackt, konnte ja auch keiner ahnen. Atemlos kommen wir zu der Stelle, wo der Flieger abgestürzt ist, und ich packe ihn mit spitzen Fingern und werfe ihn in einen Mülleimer. „Den Abschied hab ich mir romantischer vorgestellt“, murmle ich.

„Scheiß drauf!“, sagt Pinky und wir kichern uns halbtot.

Montag, 27. Januar

Der Flieger hat leider überhaupt nichts genützt. Dummerweise habe ich nämlich gestern Abend noch gedanklich eine Wunschrakete ans Universum geschickt, weil ich eigentlich eben doch viel lieber mit dir zusammen sein möchte. Na, und jetzt bekriegen der Mülleimer-Flieger und die Wunschrakete sich wahrscheinlich gegenseitig. Ich muss immer noch die ganze Zeit an dich denken, Jan. Wenn ich morgens aufwache, bist als Erstes du in meinem Kopf. Wenn ich dann vor meinem Kleiderschrank stehe, überlege ich, was dir wohl gefallen könnte – danach ziehe ich mich an. In der Schule versuche ich, dir aus dem Weg zu gehen, aber es klappt nicht, gerade jetzt, so habe ich das Gefühl, laufen wir uns besonders oft über den Weg. Und jedes Mal lächelst du mich an – das macht mich wahnsinnig! Wenigstens ist es seit Samstag ein eher schüchternes Lächeln. Vielleicht deute ich das aber auch falsch und du hast einfach nur Mitleid mit mir, keine Ahnung. Auf jeden Fall sind auch immer noch meine Nashörner da, und die machen es mir am allerschwersten. Überall höre und sehe ich nur noch deinen Namen! Ich bin zum Beispiel voll froh, wenn der JANuar endlich vorbei ist. Pinky hat gesagt, dass ich mich jetzt ganz dringend ablenken muss. „Am schnellsten vergisst man jemanden, indem man sich neu verliebt", meint sie in der Pause, und als ich darauf erwidere: „Dann muss ich andere Jungs daten?", nickt sie heftig.

„Sag ich doch die ganze Zeit!" Sie schaut sich auf dem Schulhof um und ihr Blick bleibt an Frido hängen, der wie meistens mit seinem Wurstbrötchen und seiner Kakaotüte allein herumsteht. „Frido ist Single. Du hast letztens selbst gemeint, dass du ihn nett findest." Als sie meinen entsetzten Blick sieht, lacht sie. „Du musst ja nicht mit ihm zusammenkommen. Aber man muss klein anfangen, und üben schadet bekanntlich nie. Außerdem freut sich Frido bestimmt, wenn ihr mal was zusammen macht …"

Also, darüber muss ich noch mal nachdenken.

Nach der Schule bin ich mit der Bahn ans andere Ende der Stadt gefahren, wo der Illustrator (Pardon, der Künstler) Ole Hinkler wohnt, bei dem ich mein Praktikum machen werde. Als ich geklingelt habe, hat er mir doch tatsächlich so aufgemacht!

Mann, ich hatte voll Schiss und hab sofort an Kinderschänder und alles Mögliche gedacht. Ich meine, ich hab zwar schon oft Männer in Boxershorts im Schwimmbad gesehen, aber das ist ja wohl was ganz anderes. Kann sein, dass die Frau, die mir entgegengekommen ist, wirklich seine Freundin war, kann aber auch sein, dass der Typ total krank und durchgeknallt ist. Wieso läuft der nachmittags in Boxershorts in seiner Wohnung rum? Im Winter! Ist ja auch egal, ich will das jedenfalls nicht herausfinden! Auf keinen Fall mache ich mein Praktikum bei dem!

Hab das Mudda erzählt, als ich nach Hause gekommen bin, und die war auch total empört. Sie hat sofort Frau Sauerwein angerufen und die hat sich noch viel mehr aufgeregt. Ja, und jetzt haben die beiden sich verabredet und wollen morgen zu Ole Hinkler gehen und ihn zur Rede stellen. Ich vermute, dass sie ihn nur auch mal in Unterhosen sehen wollen. Er ist schätzungsweise Mitte 30, also ein alter Sack, aber für Mudda und für Frau Sauerwein ist das natürlich ein junger Hüpfer. Die beiden haben's anscheinend voll nötig … aber ich werde definitiv kein Praktikum bei ihm machen! Lieber gehe ich noch mal einen Monat lang in die siebte Klasse zurück. Oder in die neunte, zu dir! Ach nein, du sollst nicht schon wieder in meinem Kopf herumspuken …

Dienstag, 28. Januar

Ich MUSS das Praktikum machen! Frau Sauerwein, Mudda und ich haben uns nach der Schule getroffen und wir sind zu Ole Hinkler gefahren. Er sah diesmal ziemlich normal aus und hat sich tausendmal für gestern entschuldigt. Dabei hat er so *gewinnend* (O-Ton Frau Sauerwein) gelächelt, dass die beiden Damen ihm sofort verziehen haben. Ole Hinkler meinte, dass er sich im Tag geirrt und noch geschlafen habe, als ich da war. Er würde manchmal nachts arbeiten, Künstler eben und so. Das haben Mudda und Frau Sauerwein auch alles verstanden. Mit roten Bäckchen hat Frau Sauerwein gemeint, dass ich auch eine kleine Künstlerin sei und er mir sicher noch viel beibringen könne. Ich musste mich fast übergeben bei so viel triefendem Geschwätz. Aber vor Ole Hinkler war ich zu feige, zu sagen, dass ich keine Lust mehr auf das Praktikum habe. Als ich es hinterher ausgesprochen habe, waren Mudda und Frau Sauerwein tatsächlich ein bisschen empört. Dann haben sie verständnisvoll getan, doch genützt hat mir das nichts, im Gegenteil. Mudda hat mir über den Kopf gestreichelt und gemeint, sie hätte nicht das Gefühl, dass der Künstler ein Kinderschänder sei, und Frau Sauerwein hat das Ganze gekrönt, indem sie meinte: „Lea, wenn du Angst vor Übergriffen hast, komm am besten am Donnerstag in die Girl&Boy-Power-AG. Dort üben wir gerade Selbstverteidigung.“ Daraufhin war Mudda so begeistert, dass sie für mich entschieden hat: „Das ist eine großartige Idee, Frau Sauerwein. Ich wusste gar nicht, dass Sie so tolle Angebote an Ihrer Schule haben. Das wird Lea guttun.“ Wie schön, dass immer alle wissen, was richtig für mich ist! Möchte vielleicht noch jemand einen Verbesserungsvorschlag machen?

Jetzt soll ich also nicht nur zu diesem Künstler-Unterhosen-Monster, sondern auch noch in die Girl&Boy-Power-AG! Aber ich werde es machen … Ein paar Selbstverteidigungsgriffe können nie schaden …

Habe heute übrigens Frido gefragt, ob wir mal was zusammen machen wollen. Er hat total gestrahlt und zugesagt. Morgen lasse ich das Schülerzeitungstreffen ausfallen (ich hab eh noch keinen Comic für die Aprilausgabe) und dann gehen wir nach der Schule zusammen in die Stadt. Weiß noch nicht, was wir da machen, aber das Date-Training kann beginnen …

Mittwoch, 29. Januar

Also, wenn das mit Frido ein Date war, dann will ich nie wieder Jungs treffen. Nein, ganz ehrlich, Jan, was macht eigentlich ein gutes Date aus? Muss der Junge das Mädchen einladen? Das hat Frido gemacht, aber trotzdem war es eine Katastrophe.

Eigentlich wollte ich Frido noch erzählen, dass ich die Trennung von dir auch noch nicht verkraftet habe, Jan. Aber dann ist mir eingefallen, dass wir ja nie richtig zusammen waren. Ich hatte auch nicht das Gefühl, dass es Frido interessiert, da er ja die ganze Zeit nur von sich geredet hat. Im Prinzip hätte er jeden zutexten können, es hätte keinen Unterschied gemacht. So leid mir Frido tut – aber das hat mich dann doch irgendwie geärgert. Wenigstens hat er sich gefreut, als ich ihm erzählt habe, dass ich morgen in die Girl&Boy-Power-AG kommen werde. „Toll!“, strahlte er. „In der Girl&Boy-Power-AG sind Paula und ich zusammengekommen.“ Ich wollte ihn gerade fragen, ob es nicht schlimm für ihn ist, Paula jeden Tag in der Klasse und dann auch noch in der AG zu sehen, da blieben plötzlich zwei Mädchen vor der Fensterscheibe stehen und glotzten überrascht zu uns rein. Julia und Paula! Julia winkte uns zu und sah aus, als wollte sie reinkommen, aber Paula hat sie einfach am Mantelärmel weitergezogen. Mann, sah die sauer aus! Frido wollte ihr noch hinterherlaufen, aber das habe ich verhindert. „Regel Nummer 1 bei Liebeskummer“, zische ich und denke an Pinky: „Renne deiner Angebeteten niemals hinterher!“ Tatsächlich hat sich Frido daraufhin wieder hingesetzt, auch wenn er sehr unglücklich aussah.

Aber was Paulas Gesichtsausdruck angeht – also, ich bin mir keiner Schuld bewusst! Erstens will ich nichts von Frido, das weiß ich seit heute Mittag ganz genau, und zweitens sind die beiden getrennt und drittens: Paula hat sich total fies benommen. Also kann Frido sich ja wohl treffen, mit wem er will! Und ich sowieso … (Schade, dass du nicht an dem Fenster vorbeigekommen bist, Jan!)

Donnerstag, 30. Januar

Ich dachte immer, Kröten-Caro sei meine Feindin Nummer eins. Aber heute gab es kurzzeitig eine Neueinsteigerin, und die hat gleich mal die Spitzenposition übernommen. Also, was mit Paula abging … Mann, Mann, Mann!

Heute Morgen komme ich in die Klasse und sie guckt schon total feindselig. Julia auch. Und Frido lacht mich an, da gucken die beiden noch mehr wie Motzkühe. „Morgen, ihr zwei!“, versuche ich es fröhlich, aber sie wenden sich ab und stecken die Köpfe zusammen. *Hab ich euch was getan?*, schreibe ich auf einen Zettel und lass ihn nach vorn wandern, aber ich bekomme keine Antwort. Es kann doch nicht sein, dass sich Paula wegen Frido, den sie ja offensichtlich nicht mehr haben wollte, so aufregt. Und Julia hält einfach mal solidarisch zu ihr, oder was? Ich erzähle es Pinky und sie sagt, ich solle das in der Pause ganz offen ansprechen. Mach ich dann auch, aber das führt erst mal zum totalen Zickenkrieg.

„Paula, sag mal, warum bist du denn so komisch?“, beginne ich.

„Paula, sag mal, warum bist du denn so komisch?“, äfft mich Paula nach und ich bin für einen Moment sprachlos. „Du, wenn es wegen Frido ist, dann …“ Ich komme gar nicht weiter, denn Paula unterbricht mich heftig. „Jetzt tu mal nicht so scheinheilig, Lea! Das ist ja wohl total hinterhältig, sich an Frido ranzumachen …“

„Aber …“

Wieder lässt Paula mich nicht zu Wort kommen. „Der Freund der Freundin muss tabu sein!“, sagt sie.

„Und der Angeschwärmte auch“, stimmt Julia eifrig zu. Dabei denkt sie wohl an Yasar.

„Genau!“, nickt Paula und wiederholt voller Überzeugung den gesamten Satz. „Für dich ist der Jan reserviert. Oder wie fändest du das, wenn ich mich an ihn ranmache …?“

Das fände ich ganz schlimm, aber gerade bin ich zu gekränkt, um das zuzugeben. „Versuchs doch mal!“, sage ich gehässig und Paula muss schlucken, weil ich ihr damit verklickere, dass sie bei dir eh keine Chancen hätte. Also, vermute und hoffe ich mal.

Pinky versucht einzulenken. „Paula, ich finde, du kannst Lea echt keinen Vorwurf machen. Sie wusste ja nicht, dass du doch noch was von Frido willst …“

„Will ich ja gar nicht!“, kreischt Paula. „Aber ich finde es trotzdem unmöglich von Lea. Frido und ich sind nicht mal einen Monat auseinander und sie versucht es schon bei ihm. Kommst du dir nicht langsam billig vor? Jan, Frido …“

„Yasar!“, wirft Julia ein.

„Irgendwie willst du jeden Jungen haben und für uns bleibt gar keiner mehr übrig.“

Ich starre sie an. „Das stimmt doch gar nicht!“

„Und ob das stimmt!“, regt sich Paula auf. „Du merkst es einfach nur nicht, du blöde Kuh. Nur, weil es mit dem Jan nicht klappt!“
Das ist zu viel für mich. Ich schreie Paula und Julia an, dass sie erst mal ihren eigenen Liebeskram auf die Reihe kriegen sollen, bevor sie mich dafür verantwortlich machen. Das ist doch wohl die Höhe!
Pinky mischt sich auch wieder ein und hält zum Glück zu mir. Wir schreien uns richtig doll an, sodass wir gar nicht merken, dass Frido plötzlich bei uns steht.

Danach mussten wir erst mal alle vier lachen. Der arme Frido! Aber irgendwie war er ja auch mit schuld an dem Streit. Pinky hatte schließlich die rettende Idee: „Ab jetzt sagen wir uns immer ganz klar, wen wir gut finden. Von dem müssen die anderen dann die Finger lassen. O. k.? Also bei mir ist es ja eindeutig: Gregor.“

Ich seufze. „Auch wenn es zurzeit hoffnungslos ist: Jan."

Erwartungsvoll gucken wir Julia und Paula an. „Na gut, ich bin in Yasar verknallt", gibt Julia mit hochrotem Kopf zu, obwohl wir das doch eh schon alle wissen. „Und du in Frido", sagt Pinky zu Paula, doch die schüttelt den Kopf. „Ich will nur nicht, dass ein anderes Mädchen mit ihm zusammen ist."

„Dann bist du in ihn verliebt!", meine ich kopfschüttelnd. „Warum kannst du dir das nicht eingestehen? Nur weil Frido ein bisschen pummelig ist?"

Jetzt wird Paula knallrot. „Findet ihr es nicht peinlich, mit einem Jungen zusammen zu sein, der immer dicker wird?"

Oh, endlich kann ich mal was richtig Gutes zum Gespräch beitragen. „Frido macht Diät!", sage ich. „Er hat gestern nur eine halbe Portion Pommes gegessen. Wegen dir!"

Pinky legt den Arm um Paulas Schultern. „Davon abgesehen sollte dir das egal sein. Gut, mein Typ wäre Frido nun wirklich nicht. Aber wenn du ihn magst oder auch noch mehr, dann pfeif auf die Meinung von anderen. Wichtig ist nur, was Frido DIR bedeutet! Ich finde, ihr seid ein schönes Paar."

„Ich auch", sage ich schnell. „Und es tut mir wirklich leid – ich wollte ihn gar nicht angraben oder so. Mein Typ ist Frido nämlich auch überhaupt nicht."

„Und meiner sowieso nicht!", kommt es von Julia.

Paula guckt uns ein bisschen verunsichert an. Na ja, was würde ich wohl denken, wenn mir alle Freundinnen bescheinigen, dass sie meinen Schwarm total uninteressant finden, er aber zu mir echt gut passt?

Zum Glück lacht Paula dann doch. „Ach, Mensch, ihr seid blöd! Könnt ihr nicht einfach sagen, dass ihr Frido total heiß findet und mich megamäßig beneidet …?“

„Äh … nein!“, sagt Pinky und dann läutet es zur nächsten Stunde und wir gehen lachend in unsere Klasse zurück.

Ich bin richtig froh, dass der Streit mit Paula nicht lang angedauert hat. Nach der Schule gehen wir nämlich zusammen in die Girl&Boy-Power-AG und sie freut sich riesig, dass ich ab jetzt auch mit dabei bin. Zurzeit findet die AG in der Turnhalle statt, weil ja Selbstverteidigungstraining gemacht wird. Auf dem Boden liegen Matten und Frau Sauerwein bläst in ihre Trillerpfeife. „So, geht bitte immer zu zweit zusammen.“

Sofort stürzt sich Paula auf Frido und fragt ihn, ob er die Übungen mit ihr machen möchte. Vor Überraschung bekommt Frido ganz große Augen. Er wendet sich kurz an mich. „Ist das o. k. für dich, wenn ich mit Paula zusammen …?“

„Ja, ja, natürlich!“, unterbreche ich ihn grinsend. Und dann raune ich ihm ins Ohr: „Schnapp sie dir!“, worauf Frido zwar tiefrot wird, aber von einem Ohr zum anderen strahlt.

Kurz darauf merke ich, dass wir eine ungerade Anzahl in der AG sind, als nämlich alle einen Übungspartner gefunden haben und ich allein herumstehe. „Kein Problem“, sagt Frau Sauerwein. „Du machst die Übungen einfach mit mir zusammen.“

Womit hab ich das verdient? Frau Sauerwein hat ihre Schuhe ausgezogen und ich muss auf ihre gelben Fußnägel starren. Und mit Gelb meine ich nicht etwa Nagellack … eine Fußpflege würde meiner Lehrerin echt nicht schaden, finde ich.

Ein erneuter Pfiff aus der Trillerpfeife ertönt und Frau Sauerwein erklärt eine Übung, die alle schon vom letzten Mal kennen. Nur ich nicht. Deshalb holt sie für mich ein bisschen weiter aus. Aber ich möchte den anderen in nichts nachstehen …

Frau Sauerwein wälzt sich voll lang auf der Matte herum, hält sich den Bauch und stöhnt vor Schmerzen. Natürlich hab ich ein richtig schlechtes Gewissen und entschuldige mich tausendmal bei ihr. Aber ganz ehrlich, da ist sie jetzt wirklich selbst schuld. Welcher Angreifer wartet schon, bis man ihn auffordert – so nach dem Motto: „Einen Moment noch – bitte treten Sie mich jetzt nieder!"

Frau Sauerwein rappelt sich wieder auf. „Was ist? Weitermachen!", schreit sie, da alle in der AG aufgehört haben und sich um unsere Matte herum versammelt haben. Bis auf zwei Ausnahmen. „Nehmt euch ein Beispiel an Paula und Frido!", ruft Frau Sauerwein, doch als wir uns zu den beiden umdrehen, sehen wir, dass auch sie nicht miteinander kämpfen. Sie knutschen! Alle fangen an zu lachen und Frau Sauerwein stöhnt entnervt auf. „Wurde ja auch Zeit, dass die endlich wieder zusammenkommen!", meint sie nur kopfschüttelnd.

Dann hat sie mir noch einen coolen Selbstverteidigungsgriff gezeigt, wie man ihn aus jedem zweiten Film kennt. Den durfte ich dann mit Paula üben, und nach einer Weile hatte ich ihn drauf. Jetzt bin ich also gewappnet! Ole Hinkler, zieh dich warm an …

Freitag, 31. Januar

Heute gab es Zeugnisse. Bis auf die Fünf in Mathe war meines ganz durchschnittlich, aber Oma Marion hat mir trotzdem 50 Euro dafür gegeben. Mudda ist fast ausgerastet – sie findet es nämlich nicht gut, wenn Oma mir so viel Geld schenkt. „Du lernst für dich und deine Zukunft“, hat sie gesagt. „Und nicht, damit du Geld dafür bekommst.“ Ich weiß echt nicht, was daran so schlimm sein soll: Papa und sie kriegen ja auch Geld dafür, dass sie arbeiten. Und Yasar gibt sie auch jedes Mal zehn Euro, wenn er mit mir Mathe übt. Nur ich soll mich gratis abrackern – seh ich gar nicht ein!

Papa hat noch bedeutungsvoll gesagt, dass der Vermieter am Dienstag vorbeikommt, doch das hat Mudda nicht wirklich beruhigt. „Dann hoffen wir mal, dass er gegen Kuchen allergisch ist!“, sagte sie nur. Oma hat angeblich nämlich schon Donauwelle und Berliner geplant. Lecker, ich freu mich schon.

Worauf ich mich gar nicht freue, ist dieses blöde Schülerpraktikum. Am Montag geht's los, und das heißt, dass ich dich den ganzen Februar nicht sehen werde! „Ich weiß überhaupt nicht, wie ich das überstehen soll!“, hab ich Pinky in der Pause vollgejammert. Sie hat mich angesehen, als sei ich nicht ganz dicht. Bin ich vielleicht auch nicht. Immerhin habe ich mir vorgenommen, dich zu vergessen. Aber versuche mal, NICHT an etwas zu denken. Schon passiert ...? Genau, es klappt nicht. Das Gehirn kennt das Wörtchen *nicht* nämlich nicht. Voll bescheuert!

Pinky hat den Arm um mich gelegt. „Lea, heute Abend gehen wir auf die Schlittschuhbahn. Es ist Eis-Disco und ich sage dir: Da sind die süßesten und coolsten Jungs weit und breit unterwegs!“

Samstag, 1. Februar

Endlich – der JANuar ist rum. Und ich habe das Gefühl, mit ihm habe ich auch dich ein Stückchen überwunden, Jan. Schuld daran ist tatsächlich die Eis-Disco gestern. Es war so COOL!

Dabei sah es zunächst gar nicht danach aus.

Als Pinky und ich ankommen, ist schon ganz schön was los. Bunte Scheinwerfer flackern über das Eis und es laufen Songs aus den aktuellen Charts. Man kann sich aber auch Lieder wünschen, erfahre ich. Sogar Gregor ist da, also muss die Eis-Disco wirklich top sein, da Gregor sich ja sonst zu cool für solche Sachen fühlt. Vielleicht ist er aber auch Pinky zuliebe mitgekommen, keine Ahnung. Zur Begrüßung küssen sich die beiden ganz heftig und ich schaue angestrengt in eine andere Richtung. Zum Glück sind auch Paula, Frido und Julia da und ich fahre schnell zu ihnen rüber. Paula und Frido sind jetzt wieder unzertrennlich und Frido will sich gleich mal ein Liebeslied für Paula wünschen. „Yasar kommt auch!", sagt Julia zu mir, als Paula und Frido zum DJ schlittern. „Heute muss es einfach klappen."

Ich weiß nicht, was ich sagen soll. *Yasar steht nicht auf dich*, kann ich einfach nicht über die Lippen bringen, schließlich weiß ich, wie weh es tut, so etwas zu erfahren. Und außerdem könnte Yasar ja vielleicht auch irgendwann seine Meinung ändern – Julia ist doch eigentlich ganz nett. „Da ist er!", ruft sie und fährt sofort los zu Yasar rüber. Ich folge ihr jedoch nicht, denn dort drüben bist auch du!

Und natürlich darf auch wie immer eine nicht fehlen: Kröten-Caro. Enttäuscht wende ich mich ab. Ich hätte mir echt denken können, dass du hier auftauchst. „Das ist nicht mein Abend, ich rufe Mudda an, damit sie mich abholt“, sage ich zu Pinky, doch sie haut mir nur einmal fest auf den Oberarm. Zum Glück spüre ich es durch meine dicke Winterjacke nicht so, aber Pinky sagt mir so richtig die Meinung. „Lea, du lässt dir von dem Jan ja wohl nicht den Abend verderben!“

Mir ist natürlich klar, dass der Junge voll das Baby war. Aber nur deshalb habe ich mich überhaupt getraut, ihn anzusprechen. Weil mir eben klar war, dass er gar nicht in mein Beuteschema passt. Dafür grinst der Kleine jetzt wahnsinnig stolz vor sich hin. Pinky zieht mich weiter und wir umkreisen eine Gruppe von Jungs in unserem Alter. Wie peinlich, ich muss ein bisschen kichern, als sie zu uns schauen. Zwei fangen mit Pinky an zu reden, aber dann kommt Gregor dazu und sie verlieren das Interesse. Dafür stürzen sie sich jetzt auf mich. „Hey, bist du öfter hier?“, fragt mich einer, der gar nicht schlecht aussieht. Er hat blonde Locken und erinnert mich an den Sänger Tim Bendzko. TIM BENDZKO! Ich könnte dahinschmachten. „Ich bin Tom, und du?“ Oh Gott, er heißt auch noch so ähnlich wie Tim Bendzko! Das muss ein Zeichen sein. Ich schiele zu dir rüber – hast du schon gesehen, mit was für einem Superstar ich gerade rede? „Hi, ich bin Lea! Bist du zufällig der kleine Bruder von Tim Bendzko?“ Mann, was für ein schlimmer Spruch! Wie konnte mir das nur rausrutschen? Aber zum Glück sieht Tom das ganz locker. „Du bist ja süß!“, lacht er. Und dann nimmt er tatsächlich meine Hand und wir drehen ein paar Runden über die Eisbahn. Als wir an dir vorbeikommen, werfe ich meinen Kopf in den Nacken und lächele triumphierend an dir vorbei. Das hättest du nicht gedacht, dass ich mich gleich mit so einem Spitzenkandidaten tröste, was? Tja, ich kann ganz andere haben, Jan Wildemann … als ich noch mal gucke, machst du irgendwelchen Quatsch mit Yasar und Kröten-Caro und beachtest mich nicht mehr. Na, warte! Plötzlich kommt mir eine Idee. Ich fahre mit Tom zum DJ und sage: „Ich wünsche mir zwei Lieder.“

„Sorry, jeder immer nur ein Lied!“, brummt der DJ, ein älterer Mann im schwarz karierten Hemd. „Dann wünsch ich mir halt das zweite Lied“, sagt Tom und legt dabei den Arm um meine Taille. Mir wird ganz warm.

„Also, ich wünsch mir von Clueso *Gewinner* und du wünschst dir von Jupiter Jones *Und dann warten*“, ordne ich an.

„Nicht was von Tim Bendzko?“, fragt Tom grinsend, doch ich schüttle entschieden den Kopf. „Diese beiden Songs und nichts anderes.“

Der DJ verdreht die Augen. „Na gut, ausnahmsweise!“ Er lacht und kurz darauf schallt *Gewinner* über die Eisfläche. „Hast du dir das für uns gewünscht?“, fragt Tom und will mich umarmen. Doch das geht mir jetzt eindeutig zu schnell. Ich nehme ihn lieber wieder an die Hand und fahre noch ein paar Runden mit ihm. Seine Frage lasse ich auch besser unbeantwortet. Du guckst zu uns! Und als wenig später auch noch Jupiter Jones erklingt, guckst du noch mehr. Ja, was für ein Zufall, nicht wahr? Pinky reckt im Vorbeifahren unauffällig den Daumen nach oben. Welche Bedeutung die beiden Lieder für mich haben, weiß sie allerdings nicht – ich hab es nie erwähnt.

Aber Tim Bendzko an meiner Seite und dein Blick dazu – hach, es war einfach ein toller Abend! Tom hat mir auch schon eine Freundschaftsanfrage über Facebook geschickt. Übrigens findet Pinky, dass er überhaupt keine Ähnlichkeit mit Tim Bendzko hat. „Aber wenn es dir hilft, dich in ihn zu verlieben, meinetwegen – dann sieht er halt so aus!“ Und dabei hat sie sich gekrümmt vor Lachen.

Mist, Mist, Mist! Tim Bendzko, ähm, ich meine Tom, bombardiert mich schon den ganzen Tag mit Facebook-Nachrichten. Er will mich unbedingt treffen, was soll ich nur machen? Zum Glück geh ich heute Abend mit den Mädels ins Kino, da habe ich schon mal eine gute Ausrede. Aber jetzt will er morgen mit mir spazieren gehen. Mann, bei der Kälte?

„Stell dich nicht so an!", sagt Pinky abends zu mir und auch Paula und Julia sind der Meinung, dass ich froh sein kann, dass so ein Junge wie Tom was mit mir machen will. Eine Ähnlichkeit zu Tim Bendzko haben allerdings auch sie nicht festgestellt. Egal! „Denk einfach trotzdem immer an Tim Bendzko, wenn du dich morgen mit ihm triffst", sagt Paula. „Und schreib danach sofort, wie es war!", fügt Julia hinzu.

„Ich weiß noch gar nicht, ob ich mich mit ihm treffe", protestiere ich schwach, aber eigentlich weiß ich es schon. Ich wollte einen anderen süßen Jungen und jetzt habe ich einen – also muss ich da irgendwie durch. Es ist doch eigentlich ganz schön, oder? Ich verstehe mich einfach selber nicht …

Sonntag, 2. Februar

Also, Tom sieht echt niedlich aus. Er ist 14, so wie ich bald, und heute hatte er eine schwarze Nerd-Brille aufgehabt. Am Freitag war er anscheinend mit Kontaktlinsen unterwegs. Bei Tageslicht betrachtet hat Tom aber wirklich nicht viel von Tim Bendzko, weiß auch nicht, wie ich auf der Eisbahn darauf kommen konnte.

Wir haben uns nachmittags im Park getroffen und sind da so rumgelaufen. Die Enten auf dem halb zugefrorenen See haben geschnattert und ich auch, weil mir nach einer halben Stunde total kalt war. Da hat mich Tom im Park-Café auf einen Kakao eingeladen und das fand ich echt toll, weil eine Tasse Kakao dort 4,10 Euro kostet, und das ist richtig teuer! Ich will jetzt nicht so eine Tussi sein, die sich von einem Jungen nur beeindrucken lässt, wenn er ihr was bieten kann. Aber ich fand es … ja, wie soll ich sagen – Tom ist sehr nett! So gentlemanmäßig, weißt du? Davon könntest du dir echt mal 'ne Scheibe abschneiden, Jan. Die ganze Zeit hat er mir voll viele Fragen gestellt, über meine Hobbys, meine Familie und die Schule. Dabei hat er dann immer ganz geschickt die Infos über sich eingebaut. Seine Eltern sind beide Lehrer und er interessiert sich für Wissenschaft und Politik. POLITIK! Tom guckt regelmäßig Nachrichten im Fernsehen! Damit hab ich irgendwie nichts am Hut und ich hab mich ein bisschen geschämt, weil ich nicht mal wusste, wie der Bürgermeister unserer Stadt heißt. Aber selbst das hat ihn nicht gestört. Er fand es total super, dass ich Comics zeichne, und will unbedingt mal welche sehen. Ich hab ihn auf das nächste Mal vertröstet, weil ich nicht wollte, dass er zu mir kommt. Mudda, Papa, Oma und der Troll hätten bestimmt irgendwelche neugierigen Fragen gestellt und ich will meine Familie lieber noch ein bisschen geheim halten. Nicht dass Oma Marion von Tante Conny und Hans Goldeisen anfängt. Oder Mudda fragt Tom nach seinem Sternzeichen. Daran glaubt er als zukünftiger Wissenschaftler bestimmt nicht. Er wird bald bei *Jugend forscht* mitmachen, Mann, ich bin total geflasht von diesem Typen. Zum Abschied hat er mich bis zur Bahn gebracht und mir einen Kuss auf die Wange gegeben. Ich glaube, er ist mein absoluter Traumprinz … hoffentlich wird es was mit ihm, ich fühle mich jedenfalls schon wie eine Prinzessin. So hofiert hat mich noch keiner … nicht mal Yasar, als er mir die Lebkuchenherzen im Kino angeboten hat.

„Ich soll dich schön von Jan grüßen“, sagt der Troll im Vorbeigehen, als ich nach Hause komme. Mir bleibt fast die Luft weg. „Was?“, rufe ich entgeistert. „Woher … wieso …?“

Der Troll grinst frech. „Krieg dich mal wieder ein! Ich hab ihn heute beim Fußball gefragt, wie er deinen Flieger fand …“

„Du blöder Depp!“ Ich hau dem Troll mit meinem Handballen gegen die Stirn. „Was hat er gesagt?“, will ich aber natürlich trotzdem wissen.

„Aua!“ Der Troll reibt sich die Stirn. „Das hat er natürlich nicht gesagt. *Welcher Flieger?,* hat er geantwortet. Ich wusste ja nicht, dass du ihm den gar nicht gegeben hast. Frag mich, warum dann sein Name draufstand …“

Und ich frag mich, wie mein kleiner Bruder so hohl sein kann! Ich kann es immer noch nicht fassen, dass er einfach mit dir über mich geredet hat. „Mann, der Flieger war da, um Jan zu vergessen“, sage ich.
„Kapier ich nicht!“, brummt der Troll.

„Das hat auch niemand erwartet!“, entgegne ich genervt. Wieso, Jan, lässt du mir ausgerechnet jetzt Grüße ausrichten? Den ganzen Januar hättest du Zeit dazu gehabt. Plötzlich fällt mir ein, dass der Troll im Januar Fußballpause hatte. Aber es gibt schließlich auch noch andere Wege, um sich bei einem Mädchen zu melden. Vielleicht sollte ich den Gruß auch einfach nicht so hoch hängen.

„Stehst du jetzt nicht mehr auf den Jan?“, fragt der Troll beim Abendessen und ich blinzele ihn wütend an.

„Ach ja, der Jan“, sagt Papa kauend und schiebt hinterher: „Wie geht es ihm? Ich habe ihn seit dem Goldeisen-Konzert nicht mehr hier gesehen. Habt ihr Krach? Ist es etwa aus zwischen euch?“

Mudda räuspert sich. „Sie waren doch nie so richtig zusammen …“
„Ehrlich?“, wirft Oma ein. „Das ist aber schade … ihr seht so schön zusammen aus …“

Das reicht! „Könnt ihr bitte mal über was anderes reden?“, gehe ich wie ein hochexplosives Pulverfass an die Decke. Es kann doch nicht sein, dass mein sogenanntes *Liebesleben* Thema Nummer eins beim Abendbrot ist! Am liebsten würde ich meiner Familie sagen, dass ab heute drei neue Buchstaben aktuell sind: T.O.M. Aber nein, das hebe ich mir noch auf. Sonst löchern sie mich gleich wieder.

Montag, 3. Februar

Oh Gott, Tom ist so süß! Er ist der tollste Junge, den ich je getroffen habe. Schade, dass er nicht auf die gleiche Schule wie ich geht. Aber im Moment würde mir das eh nichts nützen, denn ich muss ja zu Ole Hinkler, Praktikum machen. Den ganzen Februar!

Ein bisschen mulmig ist mir schon, als ich das Haus betrete und die Treppenstufen zu seiner Wohnung hinaufschleiche. Wenn er wieder in Boxershorts aufmacht oder irgendwie anders zudringlich wird, habe ich meinen Selbstverteidigungsgriff, sage ich mir und versuche ruhig durchzuatmen. Ole Hinkler macht in ganz normalen Jeans und einem farbverkleckstem Hemd auf. „Hi, Lea“, sagt er ziemlich cool und schlägt mir zur Begrüßung in die Hand ein. Dann führt er mich in sein Atelierzimmer. Das ist der Hammer! Zwei Wände bestehen komplett aus Fenstern, sodass es megahell ist. Trotzdem hat Ole Hinkler noch zwei riesige Lampen an der Decke, die den Raum zusätzlich beleuchten. „Wie hast du dir das Praktikum denn so vorgestellt?“, fragt er zum Einstieg.

„Ja, also …“ Keine Ahnung, ich hab mir gar nichts vorgestellt, außer wie ich mich am besten gegen ihn verteidige. Aber das kann ich ihm ja nicht sagen. „Ich dachte, Sie zeigen mir, was Sie in Ihrem Beruf so machen und …“

„Also, du kannst mich ruhig Ole nennen und mich duzen, ich bin erst 34“, sagt Ole grinsend. ERST? Junge, du bist uralt … und ich hab irgendwie ein Problem damit, erwachsene Männer zu duzen. Aber genauso habe ich ein Problem damit, das zuzugeben. „Cool!“, lüge ich.

Ole weist mit dem Finger auf seinen Schreibtisch. „So, da habe ich dir einen Stapel Schmierpapier hingelegt. Du kannst dich ja erst mal ein bisschen ausprobieren und nachher reden wir darüber … ich hoffe, du malst gern?“

Wieder nicke ich. „Ja, total gern. Ich zeichne Comics.“

„Gut, das mach ich auch manchmal“, erwidert Ole. „So nebenbei, um Geld zu verdienen. Ich mach ab und zu den Comic für die Kinderseite des Stadtanzeigers.“

„Und ich mach den Comic für unsere Schülerzeitung“, sage ich eifrig. Ole Hinkler erscheint mir auf einmal doch ganz nett, so wie er vor mir steht in seinem Farbspritzer-Hemd.

„Da haben wir ja schon mal was gemeinsam.“ Er dreht sich um, hinter ihm befindet sich eine große Leinwand. Und mit groß meine ich in diesem Fall so was wie bombastisch, überdimensional, gigantisch – die Leinwand hat zirka vier mal vier Meter, schätze ich. Sie ist weiß und Ole erklärt mir, dass er noch ganz am Anfang sei. Er plane gerade eine Ausstellung in einer Galerie. „Dafür brauche ich absolute Ruhe. Also tu bitte so, als wärst du gar nicht da, und stör auf keinen Fall mein Painting.“ WIE BITTE? Irgendwie hab ich mir das dann doch anders vorgestellt. Na ja, so verstreicht mein erster Praktikumstag.

Ist das nicht gewaltig?
Ich nenne es Grüne Oase. Was siehst du darin?
Ja ...?
Ähm ... das Gleiche wie Sie? ... äh, wie du ...
Zeig mal, was du gemacht hast. Ah, lauter Nashörner. Etwas infantil, aber durchaus interessant ...

INFANTIL! Ich dachte, Ole macht selber Kinder-Comics. Wie kann er meine da als kindisch bezeichnen? So richtig gut sind mir die Nashörner heute aber wirklich nicht gelungen. Ich weiß auch nicht. Seit ich mich von dir verabschiedet habe, Jan, haben mich auch nach und nach meine Nashörner verlassen. Eigentlich sollte ich froh darüber sein, sie haben mich ja doch nur genervt. Aber ein klitzekleines bisschen vermisse ich sie …

Als ich am späten Nachmittag nach Hause komme, habe ich schon wieder eine Facebook-Nachricht von Tom. Er fragt, wie mein erster Praktikumstag war und dass er natürlich hofft, dass er gut war. Am liebsten würde er mich mal nachmittags abholen, aber er hat leider immer so lange Unterricht und muss danach so viel lernen. Dann fragt er noch, ob wir am Freitagabend was machen wollen. Ins Kino gehen. Oh nein, bitte nicht Kino! Ich habe noch so schlimme Erinnerungen an den Film mit Yasar, damals hat er mich einfach aus heiterem Himmel geküsst. Aber wäre das bei Tom so schlimm? Er ist doch mein Hauptgewinn … also sage ich ihm zu und dass ich mich auf Freitag freue. Danach telefoniere ich noch zwei Stunden lang mit Pinky, die mir vorschwärmt, wie oberstcool die Tätowiererin ist, bei der sie ihr Praktikum macht. „Ich hab sie heute aber trotzdem noch nicht gefragt, ob sie mir dann auch ein Tattoo sticht“, sagt sie am Ende. „Ich wollte nicht gleich mit der Tür ins Haus fallen, sondern erst mal abchecken, wie sie so drauf ist. Aber ich hab ein gutes Gefühl, dass sie es macht.“ Na dann … ich hab immer noch so meine Skepsis, was den Hai angeht, aber Pinky schwört drauf. Und das ist ja die Hauptsache!

Dienstag, 4. Februar

Ole Hinkler hat wieder nur den ganzen Tag an seinen Ausstellungsbildern gearbeitet. Heute war die *Blaue Lagune* dran und ich musste wieder wie ein Kindergartenkind in der Ecke sitzen, Bildchen malen. Also, der zweite Tag war genauso wie der erste und das fand ich irgendwie blöd. Ich dachte, er würde mir ein paar Tricks fürs Comic-Zeichnen zeigen und mir erklären, was ich besser machen kann. Aber Ole meinte, dass ich den ganzen Theorie-Quatsch nicht bräuchte, sondern lieber so zeichnen solle, wie es mir in den Arm hineinfließe … außerdem befinde er sich gerade in einer künstlerisch schwierigen Phase und die dürfe er sich mit meinen Comics auf keinen Fall kaputt machen. Na, herzlichen Dank auch!

Dafür durfte ich früher nach Hause gehen. Bei uns im Treppenhaus fängt mich Oma Marion ab. „Hallo, Lea!“, flötet sie und ich merke genau, dass sie irgendwas von mir will. „Gleich kommt der Vermieter und da wäre es nett, wenn du auch da wärst.“

„Wieso?“, frage ich stirnrunzelnd.

„Wieso?“, wiederholt Oma empört. „Du musst doch deine Oma unterstützen. Wenn du dem Vermieter sagst, wie sehr du mich brauchst, wird er bestimmt weich. Außerdem habe ich Berliner gekauft. Für die Donauwelle hatte ich leider keine Zeit mehr, aber jetzt in der Faschingszeit isst ja jeder am liebsten Berliner.“

„Ja“, sage ich und habe ein furchtbar schlechtes Gewissen. „Ich komm dann später mal vorbei.“

„Zieh dir was Schönes an!“, ruft Oma mir hinterher, während ich die Treppe hinaufstiefele. „Wie wäre es zum Beispiel mal wieder mit dem grauen Overall? Den hast du ewig nicht mehr angehabt.“ Dabei soll es auch schön bleiben! Ich fühle mich wie in einer echten Zwickmühle. Auf der einen Seite hätte ich gar nichts dagegen, wenn Oma unter uns wohnt. Andererseits weiß ich genau, dass Mudda das nicht aushalten würde. Die beiden geraten einfach zu oft aneinander, und dass sie sich eines Tages doch noch zusammenraufen – diese Hoffnung habe ich aufgegeben. Bevor ich wieder runtergehe, gucke ich im Internet nach Mails. Tom hat schon wieder geschrieben und fragt, wie mein Tag heute war. Aber ich habe jetzt keine Lust, ihm zu antworten, dass es genauso wie gestern war. In der Küche finde ich noch einen Rest Gemüseauflauf, den mache ich mir warm und setze mich damit vor den Fernseher. Es kommen Nachrichten. Ich schlafe fast ein vor Langeweile und schalte auf eine Soap um. Was soll ich nur später sagen, wenn Oma mit dem Vermieter redet? Echt schlimm, dass ich so zwischen den Stühlen hängen muss. Kann man mich da nicht einfach raushalten? Jeder erwartet was anderes von mir. Nach etwa einer Stunde höre ich, dass Papa heimkommt. „Schon was vom Vermieter gehört?“, fragt er ins Wohnzimmer herein. Ich schüttle den Kopf und er verschwindet wieder. Wenige Minuten später klingelt es. „Der Vermieter!“, ruft Papa aufgeregt. „Ich bin mal unten bei Oma!“

Ich lasse meinen leeren Teller auf dem Wohnzimmertisch stehen und gehe ebenfalls runter. Dort sitzen der Vermieter und Papa bereits auf der Couch.

Oma guckt ihn verdutzt an. „Aufgeklärt?", fragt sie und muss kurz husten. „Wie meinen Sie das? Ich bin seit über 50 Jahren aufgeklärt, und zwar nicht von meinem Sohn, wenn Sie verstehen, was ich meine?"

Wie witzig, Oma … Der Vermieter lacht höflich. Dann schaut er zu Papa, der auf einem Stück Berliner herumkaut, als wäre es Kaugummi. Schließlich schluckt er gewaltsam den gesamten Brocken hinunter. „Äh, Mutti, das wollte ich dir schon die ganze Zeit sagen …", hustet er vor sich hin und Oma Marion schlägt ihm kräftig auf den Rücken, sodass Papa fast vom Sofa fällt. Verzweifelt schaut er zum Vermieter. „Sie haben sich wirklich schon für einen anderen entschieden?", fragt er scheinheilig. Es ist kaum auszuhalten. Papa erwartet, dass der Vermieter jetzt bedauernd guckt und erwidert: *Ja, leider, da kann man nichts machen. Aber Ihre Mutter wird sicher eine andere schöne Wohnung finden.* Aber so reagiert der Vermieter nicht. Er beißt herzhaft in seinen Berliner und am anderen Ende quillt die Marmelade raus. „Endgültig ist noch nichts", sagt er und leckt sich den Puderzucker von den Lippen. „Also, wenn Sie sich noch umentscheiden möchten …"

„Um-entscheiden?" Jetzt guckt Oma mit großen Augen zu Papa. „Was hast du denn da zu entscheiden?", fragt sie streng. Einfach armselig, wie sich Papa windet. „Mutti, sieh mal, ich fände es wirklich schön, wenn du bei uns im Haus wohnen würdest … aber …" Er muss gar nicht weiterreden, Oma weiß auch so, wer als Einzige dagegen ist. Verärgert springt sie auf. „Natürlich! Du lässt dich mal wieder von deiner Frau unterbuttern! Es ist einfach unglaublich, dass du dich ihr gegenüber nie durchsetzen kannst!"

„Komisch, genau das Gleiche sagt sie über dich auch …“, murmelt Papa kleinlaut.

Der Vermieter hat inzwischen seinen ganzen Berliner verdrückt und lutscht seine Marmeladenfinger ab. Dann erhebt er sich und reicht Oma Marion die Hand. „Von mir aus können Sie gern hier wohnen, Frau Kirchberger“, sagt er und Papa guckt, als wolle er ihn in der Luft zerreißen. Ich frage mich, was die beiden zuvor vereinbart haben. „Vielleicht klären Sie aber erst mal Ihre Familienangelegenheiten. Rufen Sie mich dann einfach an. Wie gesagt, ein weiterer Kandidat stünde zur Verfügung, aber natürlich wären Sie meine erste Wahl.“ Und dabei zwinkert er Oma doch tatsächlich zu wie bei einem Flirt – der Vermieter ist ungefähr im Alter von Papa! „Danke, da fällt mir wirklich ein Stein vom Herzen!“, ruft Oma mehr als hocherfreut, während sie den Vermieter nach draußen bringt. Kurz darauf fällt die Wohnungstür mit einem lauten Knall ins Schloss und Oma kommt zurück ins Wohnzimmer. Sie lässt sich in ihren Sessel fallen. Papa hält beide Hände vor Mund und Nase und schaut angestrengt auf seine Knie.

„Mein eigener Sohn!“, sagt Oma nur und ich weiß irgendwie nicht, wer mir mehr leidtun soll.

„Oma …“, beginne ich, aber dann verstumme ich, weil mir absolut nichts einfällt. Es ist zwar manchmal anstrengend mit Oma, aber wehtun will ich ihr nicht. Und genau das ist das Problem von uns allen. Dass wir sie irgendwie loswerden wollen, ist einfach nicht schön von uns.

Oma hebt die Hand. „Sag nichts, Lea“, kommt von ihr, obwohl ich doch schon nichts sage. „Ich bin halt nur die alte Schachtel, mit der man's machen kann." Und dann bricht sie in Tränen aus und minutenlang hebt und senkt sich ihr Oberkörper unter stummen, erstickten Schluchzern. Papa erträgt es schließlich nicht mehr und springt auf. „So, ich hole Mudda und Tim", sagt er und verschwindet. Ich setze mich auf die Armlehne von Omas Sessel und streichele ihr über die Schultern. Was ich mit ihr reden soll, weiß ich immer noch nicht. Nach einer Weile kommt Papa mit Mudda und dem Troll zurück. „Ich bin wirklich erschöpft vom Laden", höre ich Mudda im Flur meckern. Als sie ins Wohnzimmer kommt, seufzt sie. „Marion, es tut mir leid …"

„Nein, das tut es dir nicht!", fährt Oma nun zu neuem Leben auf. „Du säst doch die ganze Zwietracht! Immer wenn ich es gut meine, verdrehst du mir die Worte im Mund und …"

„Du überlegst ja auch nie, was du sagst!", fährt Mudda ihr dazwischen und wir ahnen, dass wieder nur ein Streit zwischen beiden ausbrechen wird.

„Schon wieder!" Omas Stimme bebt unter einer weiteren Welle von Schluchzern. „In deinen Augen mache ich alles falsch!" Während sie bitterlich vor sich hin weint, bedeckt sie mit einer Hand ihr Gesicht.

Mudda schweigt für einen Moment betroffen. „Siehst du, was ich meine?", sagt Papa vorwurfsvoll und Mudda atmet geräuschvoll ein und aus. „Jetzt bin ich also an allem schuld, ja?"

„Könnt ihr euch nicht einfach vertragen?", ruft der Troll dazwischen und manchmal wünsche ich mir, ich wäre auch noch vier Jahre jünger und könnte so denken wie er. Eigentlich tu ich das ja! Ich wünsche mir auch nur, dass sich alle irgendwie verstehen. Aber ich weiß sowieso, dass das nicht geht. Warum? Also, alles kann ich auch nicht wissen! Manche Menschen kommen halt einfach nicht miteinander klar.

Auch wenn sie sich bemühen, so wie Mudda jetzt. Sie seufzt erneut. „Also, ich möchte doch gar keinen Streit mit dir", sagt sie zu Oma Marion.

„Davon habe ich bislang nicht viel gemerkt", erwidert Oma und steht auf. Sie will an Mudda vorbeigehen, doch die versperrt ihr einfach den Weg. „Lass uns wenigstens Waffenstillstand schließen, o. k.?", versucht sie es scherzend. „Na, komm." Ihre Umarmung wird von Oma Marion jedoch nicht erwidert, sie macht sich stocksteif. „Ich bin verletzt!", sagt sie. „Und ich möchte keinen Tag länger hier wohnen, selbst wenn ihr mich auf Knien anfleht." Davon sind wir nun doch alle weit entfernt, auch wenn es uns nach wie vor leidtut. „Ich werde zu Conny ziehen." Oma schluchzt aufs Neue los, als würde sie direkt in die Hölle fahren. „Da bin ich wenigstens willkommen!"

„Hier doch auch, Mutti!", sagt Papa schnell und nimmt sie jetzt auch in den Arm. „Du kannst uns jederzeit besuchen. So wie früher!"

Aber für heute ist Oma nicht mehr zu beruhigen. „Ihr werdet euch noch mal nach jemandem wie mir sehnen!", sagt sie und wir fragen uns, was sie damit wohl meint. Mudda findet, dass Oma eingeschnappt ist, weil sie ihren Willen nicht bekommen hat. Papa hat richtige Schuldgefühle, weil er nicht zwischen Oma und Mudda vermitteln kann. Der Troll ist von allen genervt und ich auch, mit dem kleinen Unterschied, dass ich gleichzeitig ein schlechtes Gewissen habe. Ich will nicht, dass Oma jetzt vielleicht denkt, ich würde sie nicht mögen, nur weil ich nicht zu ihr gehalten habe. Aber das ging einfach nicht! Wie ich es auch drehe, es kommt immer das Gleiche dabei heraus: Menschen können sich noch so gernhaben, irgendwann nerven sie sich gegenseitig – das geht aber auch wieder vorbei, weil sie sich ja eigentlich mögen. Oma und Mudda mögen sich nicht besonders – deshalb nerven sie sich andauernd. Und deswegen ist es wirklich gut, dass Oma zu Tante Conny zieht.

Freitag, 7. Februar

Seit ich Tom kenne, schreibt er mir jeden Tag. Und jeden Tag will er wissen, wie mein Tag war. Ich muss zugeben, dass mich das irgendwie ein bisschen nervt. Aber weil ich ihn mag, wird das sicher bald vorbeigehen. Hoffe ich. Wahrscheinlich nervt es mich nur, weil ich jeden Tag zurückschreiben muss, wie vollkommen unspektakulär mein Praktikum ist. Ole Hinkler ist der Meinung, dass man Kunst nur erspüren kann. „Alles, was aus freien Stücken aus dir herauskommt, ist Kunst“, sagt er. Aha? „Deine Comics sind sehr gut. Ich kann dir gar nichts mehr beibringen.“ Da könnte sogar was dran sein, wenn ich mir seine Bilder so anschaue. Ich glaube aber vielmehr, er WILL mir nichts beibringen. Entweder ist er zu faul oder eben wirklich abgedreht. Im Moment malt er ein kackbraunes Bild und nennt das auch noch *Exkrement* – ich bin nur froh, dass er das mit Farben malt. „Finden Sie, äh, findest du den Titel nicht eklig?“, frage ich ihn, aber er winkt nur mit einem „Pscht!“ ab, nimmt eine große, braune Tube und presst unter größter Anstrengung Farbe hervor.

Mittlerweile habe ich drei weitere Nashorn-Comics fertig. Wenn das so weitergeht, kann ich die Schülerzeitung bis Ende des Jahres beliefern. Dann können sie sich wenigstens den lustigsten Comic raussuchen. Ich habe sie alle auf den Skizzenblock von Pinky gemalt. Ole Hinkler guckt sie sich auch immer an, aber er sagt nie mehr, als dass sie außerordentlich gut seien. Und er schickt mich jetzt immer früher nach Hause. Vermutlich kann er mit mir genauso wenig anfangen wie ich mit ihm.

Deshalb gehe ich gern früher – heute trifft sich das besonders gut, da ich mit Yasar zur Mathe-Nachhilfe verabredet bin. Bei uns an der Schule hat letztens einer diesen Graffiti-Spruch an die Wand gesprüht.

Yasar meint, einmal die Woche sollten wir lernen, weil ich sonst alles wieder vergesse. Ehrlich gesagt, gibt es im Moment noch nicht viel zu vergessen: Ich müsste es erst mal verstehen …

Aber eigentlich glaube ich, dass Yasar nur wegen der zehn Euro so oft Nachhilfe machen möchte – und vielleicht auch wegen mir … da bin ich mir immer noch nicht so ganz klar drüber.

Wir lernen also ein bisschen und irgendwann fragt Yasar: „Kommst du am 15. Februar auf die Faschingsparty im Jugendzentrum?“

Bei mir klingeln schon wieder alle Alarmglocken. Yasar will mit mir auf eine Party gehen …? Vielleicht meint er es auch ganz anders. Aber zur Sicherheit werde ich ihm keine falschen Hoffnungen machen. „Ja, gern. Dann bringe ich meinen neuen Freund mit.“ Wie cool das klingt! Als hätte ich schon ganz viele Freunde gehabt …

„Den von der Eis-Disco?“, fragt Yasar überrascht und ich nicke stolz. Gut, ich weiß nicht so genau, ob Tom und ich zusammen sind, schließlich haben wir uns noch nicht geküsst, aber wir schreiben uns seit einer knappen Woche, und das sagt doch schon alles! „Seid ihr echt zusammen?“, bohrt Yasar nach, dabei sieht er mich neugierig an. Und wie ich so direkt in seine dunkelbraunen Hundeaugen blicke, knicke ich ein. „So fast“, erwidere ich. „Also, wir haben noch nicht drüber geredet, Tom und ich.“

„Aber du bist so richtig verknallt?“

Ich zucke mit den Schultern. Wenn ich das mal wüsste …

Yasar seufzt. „Ich frag mich auch immer, woran man eigentlich merkt, ob man richtig verliebt ist. Es gibt so viele coole und hübsche Mädels, ich könnte da bei jeder Zweiten schwach werden …“ Lachend boxe ich ihm in den Oberarm. „Du Aufreißer!“, sage ich. „Man merkt doch, wenn es wirklich ernst ist. Also bei mir kommen dann die …“

„Nashörner, ich weiß.“ Jetzt grinst Yasar. „Und, spürst du Nashörner bei Tom?“

Ich muss schlucken. Nein, bei Tom hat sich bislang noch kein einziges Nashorn gezeigt. Aber das ist auch gut so. Trotzig schüttle ich den Kopf. „Weißt du, ich bin froh, dass die Nashörner mich in Ruhe lassen. In letzter Zeit haben sie nur noch genervt.“

Yasar lacht. „Das klingt, als wären es deine Haustiere. Aber wenn sie jetzt alle weg sind, wirst du dich vielleicht nie mehr verlieben.“

WAS? Wie kann er so eine Kacke reden? Und ich krieg auch tatsächlich einen kleinen Schock, als er das sagt. „Wie kommst du denn auf so einen Blödsinn?", frage ich heiser, während Yasar seine Mathe-Sachen zusammenpackt.

„Vielleicht hast du sie verjagt!", sagt er so nebenbei und ich weiß nicht so genau, ob er mich aufzieht oder das ernst meint. „Nashörner haben auch Gefühle. Wenn du nicht nett zu ihnen bist, sind sie beleidigt und verziehen sich."

„Und? Ist doch gut", brumme ich, aber insgeheim treffen mich seine Worte doch. „Dann leide ich wenigstens nicht so."

„Aber dafür hast du dann irgendwann gar keine Gefühle mehr", bemerkt Yasar trocken. „Du wirst ein Eisklotz. Und Eisklötze können sich nicht verlieben, weil sie sonst dahinschmelzen."

Ich muss aufs Neue lachen, weil er das so lustig gesagt hat. Aber eigentlich bin ich auf einmal eher traurig. Vielleicht hat Yasar recht und ich muss einfach akzeptieren, dass es die Nashörner gibt. Jedenfalls will ich kein gefühlloses Wesen werden, nur damit ich nie wieder traurig bin. „Ob ich die Nashörner irgendwie wieder anlocken kann?", überlege ich laut. Yasar klopft mir auf die Schulter. „Bestimmt! Ach, und falls sie heute Abend bei Tom ankommen sollten …

erzähl ihm besser nicht davon. Ich bin mir nicht sicher, ob alle Jungs das so kapieren wie ich."

Mann, Yasar ist echt eingebildet! Aber die Nachhilfe heute war schon gut …

Samstag, 8. Februar

Ich hab es mir so gewünscht! Ich hab mir wirklich gewünscht, dass die Nashörner kommen, wenn ich mit Tom im Kino bin. Aber nichts ist passiert.

Wir gehen in so eine Schülerkomödie, die total lustig ist. Ich muss mich bei fast allen Witzen halb totlachen.

Am Ende wird es auch ein kleines bisschen romantisch, aber Tom küsst mich nicht. Er legt nur den Arm um mich, doch nicht mal das winzigste Nashorn rührt sich. Das finde ich echt blöd! Tom wäre so perfekt … oder?

„Wie fandest du den Film?", frage ich, als wir – Hand in Hand! – das Kino verlassen.

„Geht so", erwidert er. „Manche Witze waren ganz o. k., aber die meisten fand ich irgendwie primitiv. Dir hat es ja anscheinend ziemlich gut gefallen, oder?"

Ich werde rot. Da ich im Kino neben ihm gebrüllt habe vor Lachen, kann ich wohl schlecht behaupten, dass ich den Film auch nicht so toll fand. Bin ich jetzt primitiv?

„Kann ich dich am Sonntag besuchen und du zeigst mir deine Comics?", fragt Tom, als wir uns an der Straßenbahnhaltestelle verabschieden. Ich nicke, obwohl ich schon jetzt Angst habe, dass er die auch überhaupt nicht witzig finden wird. Und dann küsst Tom mich doch. Ganz schnell streifen sich unsere Lippen, so flüchtig, dass ich es kaum spüre. Anschließend grinst er. „Bis Sonntag, Lea!" Ich steige in die Straßenbahn und winke ihm noch einmal zu. Und fühle mich erbärmlich. So ein toller, hübscher, intelligenter Junge … und kein einziges Nashorn weit und breit!

Sonntag, 9. Februar

Yasar hat recht. Ohne die Nashörner macht es keinen Sinn. Gerade war Tom da und wir haben endlich mal über uns geredet. Zuerst sitzen wir nebeneinander auf meinem Bett und ich zeige ihm meine Nashorn-Comics, die ich bei Ole Hinkler gezeichnet habe. Eigentlich bin ich mir ziemlich sicher, dass er sie nicht lustig findet, aber er lacht trotzdem. Vielleicht findet er sie ja auch so unlustig, dass es schon wieder lustig ist, keine Ahnung. Jedenfalls hat er viel Lob für mich übrig und das schmeichelt mir natürlich. Das Dumme ist nur, dass ich währenddessen auf mein Handy schaue. Und da ist auf einmal diese Nachricht von dir: *Hey Lea, wie geht's? Sehen wir uns nächstes WE auf der Faschingsparty im Jugendzentrum? LG Jan*

Ich glaub, ich werd ohnmächtig. Da sind sie wieder! Alle gleichzeitig rennen sie mich mehr oder weniger über den Haufen.

Wie kannst du es wagen, mir zu schreiben, so als wäre überhaupt nichts passiert? Das ist unfassbar, Jan! Ich bin so platt von meinen Nashörnern, dass ich überhaupt nicht merke, dass Tom mit seinen Lobeshymnen innegehalten hat. „Was ist los mit dir?", fragt er mit einem vorsichtigen Blick in mein kalkweißes Gesicht. Ich schüttle mich kurz. „Nichts", antworte ich fahl lächelnd. Da nimmt Tom meine Hand. „Bist du aufgeregt wegen uns?"

Am liebsten würde ich heulen, jedenfalls bin ich kurz davor! Aber vor Tom wäre das völlig unangebracht. Ich ziehe meine Hand weg. „Tom, ich glaube, das mit uns wird nichts“, sage ich mit belegter Stimme. „Ich finde dich echt toll, aber ich bin einfach nicht verliebt.“

Tom schluckt. „Nicht mal ein kleines bisschen?“ Als ich den Kopf schüttle, fügt er hinzu: „Ich meine, so lange kennen wir uns ja noch nicht.“

„Ich weiß“, antworte ich seufzend. „Aber ich bin mir trotzdem ziemlich sicher.“ Und um ihn zu beruhigen und mich noch ein bisschen mehr runterzuziehen, ergänze ich: „Du bist einfach viel zu schlau für mich!“

„Quatsch!“, erwidert Tom, doch nach einer Weile nickt er, so als hätte er es jetzt auch begriffen. „Dann geh ich mal“, sagt er und steht auf. „Tschüss. Bis vielleicht irgendwann mal.“

Endlich ist er weg! Ich fühle mich so unsagbar gemein und gleichzeitig so erleichtert. Soll ich dir antworten, Jan? Nein, das hast du echt nicht verdient! Diese ganze Jungskacke kotzt mich an! Ich schwöre, ich will NIE, NIE, NIE einen Freund haben. Das ist doch einfach nur der totale STRESS!

Ich bin so mies drauf, dass mich niemand aufheitern kann, auch Pinky nicht, die spontan vorbeigekommen ist. Glaube ich – Pinky ist total aufgedreht, und weißt du warum? Gregor hat sie zum ersten Mal vor all seinen Freunden verteidigt! „Einer von seinen Freunden hat mich wieder *kleines Pinky-Baby* genannt“, erzählt sie. „Und da ist Gregor plötzlich total ausgeflippt. *Eure Möchtegern-Coolness widert mich so an!*, hat er geschrien. *Wisst ihr eigentlich, wie uncool ihr in echt rüberkommt?* Dann hat er meine Hand genommen und wir sind einfach gegangen. Ich bin so stolz auf ihn!“ Sie kommt richtig ins Schwärmen. „Danach hat er mir noch ganz viele Liebeserklärungen gemacht. Dass er mich auf keinen Fall verlieren will und ich ihm wichtiger bin als alles andere auf der Welt. Zum Glück hab ich nicht auf dich gehört und Schluss gemacht, Lea.“

O. k., jetzt bin ich endgültig am Tiefpunkt. Pinky sieht so glücklich aus – warum krieg ich das mit den Jungs nicht auf die Reihe? Sie wirkt so erwachsen und irgendwie klappt einfach alles bei ihr – und bei mir? Ich schaff es nicht mal, mit Tom, der wirklich toll ist, zusammen zu sein. Mit mir stimmt doch was nicht, oder?

„Findest du mich sehr uncool?“, frage ich.

Pinky rückt ganz nah zu mir und umarmt mich. „Lea, überhaupt nicht!“, sagt sie und es klingt aufrichtig. „Wir sind zwar ziemlich unterschiedlich, aber das macht doch nichts. Hauptsache, wir verstehen uns. Ich fände es viel schlimmer, wenn du jetzt irgendwas machen würdest, was gar nicht zu dir passt, nur weil du denkst, das sei cooler. Das ist totaler Blödsinn. Du bist dann cool, wenn du so bist, wie du bist. Basta!“

Jetzt muss ich doch heulen. Und zwar, weil Pinky so lieb ist. Ich drücke sie ganz fest an mich. „Danke, Pinky!“

Montag, 10. Februar

Am 21. Februar habe ich Geburtstag. Mudda hat mich schon gefragt, wen ich einladen will und so. Ich hab aber überhaupt keine Lust, meinen Geburtstag zu feiern. Er ist zwar an einem Freitag und da wäre eine Party natürlich genial – trotzdem: Mir ist einfach nicht danach. „Aber irgendwas musst du doch machen“, sagt Mudda und klingt ein bisschen verzweifelt. Vielleicht kriegt sie ja was von der Teenie-Depression mit, die ich gerade durchlebe …

Obwohl Oma keinen Tag länger bei uns bleiben wollte, ist sie immer noch da. Tante Conny hat nämlich auch keine Zeit für sie und nun ist Oma eingefallen, dass sie ihre alte Wohnung nur untervermietet hatte und sie zum 1. März wieder dort einziehen kann. Mudda ist fuchsteufelswild geworden, als sie das gehört hat. „Du hast uns alle an der Nase herumgeführt!“, schreit sie und ich frage mich auch, was sich Oma bei diesem *Scherz* gedacht hat. „Das war ein Test“, erklärt sie so würdevoll wie nur möglich. „Und keiner von euch hat ihn bestanden!“ Und dann fügt sie noch ein „Ja, ja!“ hinzu, das uns allen ein schlechtes Gewissen machen soll.

Das Praktikum bei Ole Hinkler ist immer noch stinklangweilig. Mudda meint, das läge vielleicht auch an mir, ich könne mich ja zurzeit für nichts begeistern. Das ist mal wieder typisch Mudda. Sie versteht mich halt nicht …

Mittwoch, 12. Februar

Ole Hinkler ist der allerschlimmste Mensch, den man sich vorstellen kann! Gerade komme ich in sein Atelier und schlage meinen Skizzenblock auf, und es fehlen alle Comics, die ich bislang in meinem Praktikum gezeichnet habe. „Entschuldigung, wo sind denn meine Comics hingekommen?", frage ich höflich.

Wie immer ist Ole Hinkler gerade mitten im Painting und hält nur unwirsch inne. „Du sollst doch nicht stören! Ich habe sie weggeschmissen!"

„Sie haben meine Comics weggeschmissen?", schreie ich entsetzt.

Ole Hinkler lacht. „Aber Lea, wir waren doch schon beim Du!" Und bevor ich mich weiter aufregen kann, reicht er mir den Stapel mit meinen Comics. „Hier, ich würde doch nie deine Kunst entsorgen. War nur Spaß."

Dieser Mann hat den furchtbarsten Humor aller Zeiten! Erleichtert blättere ich meine Comics durch. Einer fehlt trotzdem, ausgerechnet der, den ich für die Schülerzeitung abgeben wollte. Damit er nicht noch mal verloren geht, zeichne ich ihn in dieses Buch hier hinein.

Ole Hinkler ist unmöglich! Möchte mal wissen, wo mein Comic hingekommen ist, aber diese Frage kann er mir auch nicht beantworten. „Wahrscheinlich hat die Putzfrau was durcheinandergebracht“, sagt er bloß und damit ist das Thema für ihn erledigt. Ich muss wieder den Rest des Tages stumm zeichnen. Dieses Praktikum ist schlimmer, als Schule es je sein könnte. Ich freue mich schon, wenn es endlich vorbei ist …

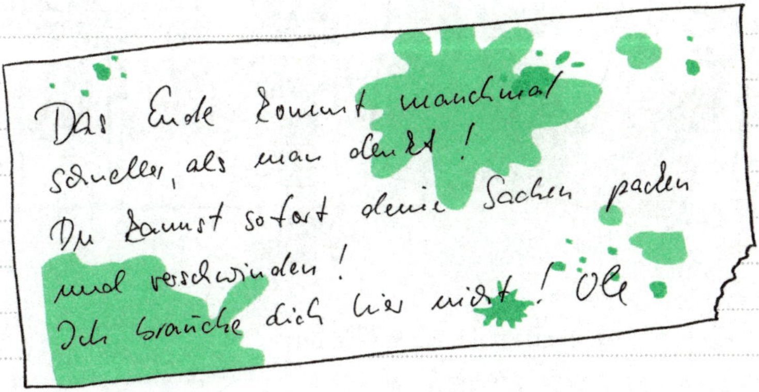

Donnerstag, 13. Februar

Oh nein! Ich habe mein Buch gestern im Atelier vergessen! Als ich es abends bemerkt habe, habe ich sofort versucht, Ole anzurufen. Wahrscheinlich war er da schon ganz vertieft in meine geheimsten Gedanken, jedenfalls habe ich ihn nicht mehr erreicht. Heute Morgen komme ich ins Atelier und er ist ganz vertieft in seine Malerei. Per Handzeichen gibt er mir zu verstehen, dass er nicht gestört werden will. Ja, und dann muss ich seine Botschaft an mich lesen.

Kurz habe ich überlegt, ob ich auf ein Blatt Papier noch *ENTSCHULDIGUNG* schreiben soll, aber mir war so überhaupt nicht nach entschuldigen, deshalb hab ich es gelassen und bin einfach so gegangen. Geschockt bin ich aber trotzdem. Ich gehe erst mal in ein kleines Café anstatt nach Hause. Wieso muss Ole aber auch so neugierig sein und alles lesen, was ich über ihn geschrieben habe? Andererseits kann ich doch wirklich froh sein, dass es vorbei ist – dieses Praktikum war eine einzige Qual! Ich weiß nur noch nicht, wie ich das Mudda und Frau Sauerwein beibringen soll,

die sind bestimmt wie immer gegen mich. Daher werde ich heute mal besser den ganzen Tag in der Stadt verbringen.

Freitag, 14. Februar

Ich habe es Mudda gesagt. Gestern habe ich noch mit Pinky telefoniert und sie meinte, es wäre besser, da ich ja kein Praktikumszeugnis bekäme und es spätestens dann auffliegen würde. Und das Zeugnis zu fälschen – das bringe ich nicht, das ist mir zu kriminell …

Mudda ist natürlich enttäuscht. Ihr hat Oles esoterisch-künstlerisches Getue gefallen, aber sie versucht, sich nichts anmerken zu lassen. „Schade, dass dir das Praktikum nichts gegeben hat. Aber da kann man nichts machen. Ich rufe Frau Sauerwein an.“
Meine Lehrerin ist anscheinend genauso betrübt. Als Mudda mit ihr telefoniert, hört sich ihre Stimme an, als wäre ich ein Problemkind, das ständig Sechsen schreibt und die Schule schwänzt. „Ab Montag gehst du in die siebte Klasse“, sagt Mudda, nachdem sie aufgelegt hat. Ich fühle mich aber immer noch im Recht. Nur in die siebte Klasse will ich auf keinen Fall!

Sonntag, 16. Februar

Gestern war die Faschingsparty im Jugendzentrum. Pinky und ich sind als Vampire gegangen. Paula und Julia auch. Und als wir in den Saal kommen, laufen da noch einige andere Vampire herum. Also, originell ist was anderes. Nächstes Jahr muss ich mir was Ausgefalleneres überlegen, vielleicht gehe ich als Nashorn, aber darauf hatte ich dieses Jahr keine Lust. Kröten-Caro hat ihr Vampir-Kostüm aus dem Schultheater an. „Unglaublich, wie viele mich nachmachen, seit sie mich auf der Bühne gesehen haben!“, höre ich sie rufen. Dabei wirft sie mir einen abschätzigen Blick zu. „Ich weiß, du hättest die Rolle auch gern gehabt.“

Ich tauche schnell im Getümmel unter, weil ich ihre hochnäsigen Sprüche nicht länger ertrage. Überall herrscht gute Laune und ich gebe mir Mühe, aber eine Partykanone werde ich heute wohl nicht. Die Polonaise mache ich tapfer mit und ich lasse mich von anderen mit Luftschlangen einwickeln und habe bald Konfetti in den Haaren und auf der Zunge kleben, weil jemand es mir direkt ins Gesicht geschmissen hat und ich den Mund nicht schnell genug zugemacht habe.

Ganz toll! Außerdem sehe ich fast überall nur glückliche Pärchen. Paula und Frido trinken mit zwei Strohhalmen an einer Cola. Pinky und Gregor knutschen schon wieder wild und selbst Julia hat sich irgendeinen Jungen geangelt, mit dem sie locker tanzt. Nur ich steh hier ganz allein herum. Wo ist eigentlich Yasar?

Plötzlich stehst du vor mir, Jan, du bist als Pirat verkleidet. Auch nicht gerade einfallsreich. „Hi, Lea!“, brüllst du gegen die laute

Faschingsmusik an und natürlich kommt sofort ein kleines, vorwitziges Nashorn hervor. „Wie geht's?“, fragst du und ich zucke mit den Schultern. „Geht so“, antworte ich, und als du nachfragst, was los sei, erzähle ich dir von meinem missglückten Praktikum und dass ich überhaupt keine Lust habe, zwei Wochen lang in die siebte Klasse zu gehen.

Du nickst verständnisvoll. Plötzlich hast du eine Idee. Eine ziemlich geniale Idee, wie ich zunächst finde. „Mach doch dein Praktikum beim Stadtanzeiger. Ich kann mit meinem Vater reden, bei der Kinderseite nehmen sie auch Schülerpraktikanten.“

Ist das dein Ernst, Jan? Bei der Wochenzeitung deines Vaters? Ich strahle dich an, während du fortfährst: „Also, ich hoffe, dass es so spontan geht. Caro ist da ja auch ...“ Schlagartig erstirbt mein Lächeln. „Du glaubst doch nicht wirklich, dass ich auch nur einen Tag lang mit Kröten-Caro zusammen Praktikum mache!“, entfährt es mir.

Kopfschüttelnd siehst du mich an. „Warum nennst du sie eigentlich immer Kröten-Caro? Das ist voll fies!“

„Na und? Zu mir ist sie auch krötenfies. Bei dir schleimt sie halt eher rum ...“

Jetzt musst du lachen. „Du bist ja richtig eifersüchtig!“, sagst du, und das scheint dich auch noch zu freuen. Mich macht das nur wütend. Ich will gerade etwas erwidern, als du mit dem Finger geradeaus in die tanzende Menge zeigst. „Aber ich kann dich beruhigen. Ich will nichts von Caro und sie hat ihr Herz auch schon anderweitig vergeben.“ Ich drehe mich um und da trifft mich fast der Schlag. Kröten-Caro und Yasar tanzen eng umschlungen und knutschen miteinander! Das kann doch nicht sein. Kurz, wirklich nur für eine Millisekunde, überlege ich, ob Yasar Kröten-Caro vielleicht mit mir verwechselt hat, schließlich tragen wir beide das gleiche Kostüm. Aber das ist natürlich lächerlich! Trotzdem würde am liebsten eines meiner Nashörner zu den beiden galoppieren und Kröten-Caro an ihren Haaren von Yasar wegzerren. Versteh mich nicht falsch, Jan. Ich gönn deinem (und mittlerweile auch meinem) besten Freund wirklich sein Liebesglück – aber doch nicht mit Kröten-Caro! Das ist eine absolute Schande! Wie kann Yasar nur so einen schlechten, oberflächlichen Geschmack haben?!

Du legst den Arm um mich. „Ist doch schön, dass die beiden jetzt zusammen sind, oder? Caro hat ganz schön lang gebraucht, um sich das einzugestehen.“

Das muss ich erst mal verdauen! Genau wie deinen nächsten Satz, der nun folgt: „Lea … ich bin kein Feigling!“, sagst du etwas leiser und es geht fast im Faschingsgetöse unter. Ich starre dich entsetzt an. Das ist irgendwie gerade der falsche Augenblick – ich reiße mich von dir los und renne nach draußen. So leicht mache ich es dir nicht … diesen Gedanken müsste ich eigentlich haben. Aber mein Kopf ist zu leer, um das wirklich zu denken. Was bedeutet der Satz von dir denn? Bist du jetzt mutig genug und willst mit mir zusammen

sein? Oder willst du mir einfach nur sagen, dass du nicht feige bist, warum auch immer. Wenn du mit mir zusammen sein willst, dann wirst du mir nachrennen – so machen das die Männer im Film auch immer.

Ich setze mich draußen vor dem Jugendzentrum auf die Treppe und warte, aber du kommst nicht. War doch klar! Zum Glück bin ich abgehauen. Ich will dich eh nie mehr wiedersehen!

Dafür kommt plötzlich jemand anderes aus dem Jugendzentrum gerannt, und zwar tränenüberströmt. „Julia!" Ich halte sie fest, damit sie nicht an mir vorbeiläuft.

Mit schwarz verschmiertem Gesicht schaut Julia mich an. Mann, sieht sie gruselig aus. „Lea, ich kann nicht länger dableiben. Yasar ist mit Kröten-Caro zusammen! Hast du das gewusst?" Ich schüttle den Kopf. „Hab's auch gerade erst gesehen. Tut mir voll leid." Wenigstens habe ich mich an unser Abkommen „Der Freund oder Angeschwärmte der Freundin muss tabu sein" gehalten. Dass Kröten-Caro dazwischenfunkt, konnte ja niemand ahnen.

Julia setzt sich neben mich und wischt sich mit dem Ärmel ihres Kostüms durch das Gesicht. Dabei verteilt sie ihre Faschingsschminke noch mehr. „Meinst du, er hat sie vielleicht mit mir verwechselt?", fragt sie schniefend und dann lachen wir beide, weil sie natürlich genau wie ich weiß, dass das Blödsinn ist. Auch als Vampirinnen kann uns Yasar sicher gut auseinanderhalten. Ich lege den Arm um Julia. „Yasar hat einfach einen zu schlechten Geschmack, um auf dich aufmerksam zu werden", versuche ich sie zu trösten. „Wer sich in Kröten-Caro verliebt, kann doch nicht ganz dicht sein." Leider sieht Julia das ganz anders. „Kröten-Caro ist total hübsch. Und zu den Jungs ist sie auch ziemlich nett. Ich kann Yasar verstehen …“, und sie weint erneut in ihren Ärmel hinein. „Wer war denn der Junge, mit dem du getanzt hast?“, frage ich, doch Julia winkt ab. „Der war doch nur zum Eifersüchtigmachen.“

Das klappt nie, denke ich mir. „Wir finden jemand viel Besseren für dich“, sage ich und fühle mich ein bisschen wie Pinky. Auch wenn ich meinen Traumprinzen selbst noch nicht gefunden habe.

Ich muss nicht in die siebte Klasse. HURRA!

Pinky und ich haben gestern noch stundenlang überlegt, was du mit dem Satz „Ich bin kein Feigling“ wohl gemeint haben könntest. Bis Pinky schließlich gesagt hat: „Einfach nicht drüber nachdenken.“ Die hat gut reden! Aber sie hat ja recht. Solange du dich nicht klarer äußerst, kann ich wirklich nichts machen. Die Phase, in der ich dir hinterhergerannt bin, ist jedenfalls vorbei. Definitiv! Ich weiß nicht mal mehr, ob ich noch so viel für dich empfinde, Jan.

Deshalb haben wir uns lieber den Kopf zerbrochen, wie ich die siebte Klasse umgehen kann. Schließlich hatte Pinky die grandiose Idee, dass ich mein Praktikum doch mit ihr zusammen im Tattoo-Studio machen könnte. Ich habe dann heute Morgen in aller Frühe Frau Sauerwein angerufen und die war glücklicherweise einverstanden. Natürlich musste auch noch Kelly, die Tätowiererin, zustimmen, aber das war kein Problem. Wir sind einfach zusammen hingegangen und haben sie quasi überrumpelt. „Auf einen mehr oder weniger kommt es auch nicht an“, hat Kelly gelacht und Pinky hat mir erst mal das Studio gezeigt. Eigentlich war es kein Studio, sondern eine Wohnung, in der Kelly ein Zimmer nach bestimmten Kriterien eingerichtet hat. Zum Beispiel müssen Wände und Boden abwaschbar sein, wie in einer Praxis. Außerdem müssen natürlich alle Instrumente steril sein, damit beim Stechen keine Keime in die Haut gelangen. Kelly erzählte mir ganz viel. Zum Beispiel ist Tätowierer gar kein zugelassener Beruf, das heißt jeder kann sich Tätowierer nennen, selbst wenn er es gar nicht gelernt hat. Deshalb muss man ziemlich aufpassen, wo und von wem man sich ein Tattoo stechen lässt. Das Gleiche gilt auch für Piercings. Kelly hat aber eine zweijährige Ausbildung gemacht und gilt wohl in ihren Kreisen als ziemlich gut. Wir durften zusehen, wie sie einer jungen Frau eine Blumenranke auf der Schulter gestochen hat, und das war sehr interessant. Zuerst hat sie die Ranke mit einer Folie auf die Haut gepaust und danach wurde das Motiv dann gestochen. Die Frau hat behauptet, dass sie nichts spürt außer einem leichten Kitzeln, das hat Pinky wohl Mut gemacht. „Die meisten merken es kaum, es tut gar nicht weh“, erzählt sie mir in der Mittagspause. „Heute frag ich Kelly, ob sie mir den Hai sticht. Wenn ich die Unterschrift von meiner Mutter habe, macht sie es bestimmt.“

Doch Kelly schüttelt sofort den Kopf, und als sie den Hai sieht, lacht sie sogar. „Auf keinen Fall“, sagt sie.

„Aber meine Mutter unterschreibt es mir – bitte“, quengelt Pinky, obwohl sie genau weiß, dass ihre Mutter niemals ihre Unterschrift geben würde. Anscheinend weiß Kelly das auch. „Wenn, dann müsste deine Mutter persönlich mit dir vorbeikommen. Und selbst dann würde ich es nicht machen. Du bist viel zu jung, dein Geschmack wird sich noch tausendmal ändern. Komm in drei Jahren noch mal vorbei und ich zeig dir den Hai. Du wirst mir die Füße küssen, weil ich dich davor bewahrt habe …“

„Gar nicht wahr!“, mault Pinky. Sie stampft mit dem Fuß auf. „Ich will den Hai! Ich will, ich will, ich will!“

„Mann, bist du kindisch“, antwortet Kelly nur und ich weiß jetzt eines ganz bestimmt: Pinky ist noch lange nicht so erwachsen, wie ich dachte.

Donnerstag, 20. Februar

Pinky jammert seit drei Tagen, weil sie noch über zwei Jahre auf ihr Tattoo warten muss. „Ich kann dir den Hai auf den Oberarm malen, wenn du willst“, sage ich auf dem Nachhauseweg. Ich glaube, dass Pinky es wirklich irgendwann bereuen würde. Spätestens, wenn sie nicht mehr mit Gregor zusammen ist. „Aber wir wollen uns nie trennen!“, gibt sie empört von sich. „Und wenn doch, würde ich meinem neuen Freund natürlich nicht sagen, welche Bedeutung der Hai hat.“

Ja, ja … ich bin trotzdem sehr froh, dass Kelly so eine vernünftige Tätowiererin ist.

„Bis morgen!“, sagt Pinky und grinst mich an. „Zieh dir was Schönes an!“

Ich antworte ihr mit einem müden Lächeln. Morgen ist mein 14. Geburtstag. Und ich habe immer noch keinen Freund. Das ist nicht schlimm, zumindest habe ich am Samstagabend Julia damit getröstet. Ja, es wäre nicht schlimm, wenn es mir nichts ausmachen würde. Denn eigentlich denke ich immer noch an dich, Jan. Und daran, dass dein Satz „Ich bin kein Feigling" offensichtlich eine Lüge war.

Oma packt jetzt so langsam ihre Sachen zusammen und will die Wohnung streichen. Ich habe ihr angeboten, dabei zu helfen, und um ihr zum Abschied eine besondere Freude zu machen, ziehe ich dafür ein letztes Mal den Strampelanzug an. Als Wiedergutmachung sozusagen. Und weil man für solche Angelegenheiten ja eher alte Klamotten trägt, die man ruhig ein bisschen schmutzig machen kann. „Der gute Overall!", sagt Oma entsetzt, als sie mich sieht, aber sie strahlt auch ein bisschen und sie freut sich, wie gut ich streichen kann. „Hat Mudda mir gezeigt, als wir den Laden gestrichen haben", sage ich und Omas Gesicht verdunkelt sich wieder ein bisschen. „Ja, deine Mutter", meint sie nur. „Vielleicht glätten sich die Wogen ja wirklich wieder, wenn ich hier weg bin."

„Bestimmt", sage ich zuversichtlich.

Als ich später nach oben gehe, bin ich völlig erledigt vom Streichen. Am liebsten würde ich jetzt nur noch ins Bett, da sehe ich, dass mein Handy blinkt – sieben Anrufe in Abwesenheit von DIR??? Sofort fangen meine Nashörner an, auf meinem Herz herumzutrommeln. Soll ich dich zurückrufen? *Nein!*, würde Pinky schreien, warte gefälligst, bis er ein achtes Mal anruft – aber wenn er es schon siebenmal probiert hat, ist es vielleicht wirklich was Wichtiges. Mit zitternden Fingern drücke ich den Knopf und baue die Verbindung auf. Du gehst sofort ran. „Lea?", sagst du atemlos. „Ich stehe vor deiner Haustür …" „WAS?" Bist du jetzt vollkommen abgedreht? Das ist hier ja wie bei Romeo und Julia, wir wohnen nur zu weit oben, als dass du den Balkon hinaufklettern könntest.

„Du musst sofort runterkommen", höre ich dich in meinem Handy. „Es geht um jede Sekunde, hörst du?"

„Ja, Moment, ich zieh mir nur noch schnell was anderes an …"

„Nein, verstehst du nicht, SOFORT! Vergiss, was du anhast!", schreist du jetzt. „Und bring den Liebesbrief mit, hörst du?"

„A-aber … ich … ich schreibe doch gar keinen Liebesbrief mehr …", stottere ich, doch du unterbrichst mich schon wieder: „Bring das Buch mit und beeil dich!" Das klingt so bestimmt und ernst, dass ich mich nicht mehr traue, noch irgendwas zu erwidern. Mann, was ist denn nur passiert?

Du ziehst ein Blatt Papier aus deiner Jackentasche und entfaltest es. Zum Vorschein kommt mein Comic mit dem Nashorn im Restaurant. „Wie kommst du denn an meinen Comic?“, frage ich verwirrt.

„Er ist also von dir, ja? Hab ich es mir doch gedacht“, antwortest du grimmig und ich verstehe immer weniger. „Schau mal genau hin“, sagst du. „Das ist ein Computerausdruck. Und jetzt lies, was druntersteht.“

Ich mache, was du sagst, und traue meinen Augen nicht. Unter dem Comic steht tatsächlich © Ole Hinkler. „Das darf ja wohl nicht wahr sein!“, poltere ich los. „Von wegen, er wüsste nicht, wo mein Comic ist! Und jetzt gibt er ihn als seinen eigenen aus … das ist doch die absolute Frechheit!“

Du nickst. „Ja, das hab ich mir auch gedacht, als ich heute in der Redaktion war. Aber Caro meinte, dass das bestimmt kein Comic von dir ist, weil er viel zu lustig ist …“ Das ist mal wieder typisch Kröten-Caro. Wahrscheinlich gönnt sie es mir, dass Ole Hinkler meinen Comic klaut und ich nachher wie die Fälscherin vor der Schülerzeitung dastehe. Oder sie hat wirklich nicht erkannt, dass der Comic von mir ist – auch eine Möglichkeit. „Deshalb wollte ich ganz sicher sein, dass es dein Comic ist, bevor ich damit zu meinem Vater gehe“, fährst du fort. „ Aber du bist ja blöderweise nicht an dein Handy gegangen. Jetzt haben wir voll viel Zeit verloren …“

„Wieso?“, frage ich ängstlich und kann es mir schon fast denken.

„Weil gleich Redaktionsschluss ist“, antwortest du. „Das bedeutet, alle Seiten sind von den Redakteuren freigegeben und können nicht mehr verändert werden.“

„Ich will aber nicht, dass mein Comic als ein Ole-Hinkler-Comic erscheint!“

„Das kann ich gut verstehen. Deshalb fahren wir ja jetzt in die Redaktion. Ich hoffe, dass mein Vater es vielleicht doch noch ändern lassen kann. Ansonsten muss das eben in der nächsten Ausgabe klargestellt werden.“

Ich bin total aufgeregt. Nicht nur, weil offensichtlich mein Comic auf der Kinderseite im Stadtanzeiger erscheint, sondern auch, weil ich MIT DIR das Redaktionsgebäude der regionalen Wochenzeitung betrete. Das ist doch alles nicht echt, oder? Wie wir hier nebeneinander die Treppen zur Redaktion hochsteigen und du die Tür zu einem Büro mit dem Schild *Patrick Wildemann, Redaktionsleiter Kultur* öffnest. In dem Raum sitzt jedoch nur Kröten-Caro, die gelangweilt in einer Modezeitschrift blättert. Als sie uns sieht, springt sie auf. Mit hochgezogenen Augenbrauen mustert sie mein graues Strampler-Outfit. „Du wirst deinen Nashörnern auch immer ähnlicher“, stellt sie fest, dann lächelt sie gehässig. „Redaktionsschluss war leider schon.“

„Mist“, sagst du und willst an ihr vorbei zu einer weiteren Tür, hinter der anscheinend das eigentliche Büro von deinem Vater liegt. Kröten-Caro versperrt dir den Weg. „Ihr könnt da jetzt nicht rein, dein Vater ist in einer wichtigen Besprechung.“

„Ja, aber vielleicht kann er doch noch was machen“, sagst du mit einem Blick auf deine Uhr. „So lange kann der Redaktionsschluss ja noch nicht her sein.“ Doch so einfach lässt sich Kröten-Caro nicht beiseiteschieben. „Ich habe den Auftrag, aufzupassen, dass niemand stört!“, faucht sie. „Und wegen dieses popeligen Comics werde ich keine Ausnahme machen.“

O. k., das reicht jetzt! Ich weiß, Jan, gemeinsam hätten wir Kröten-Caro locker von der Tür wegziehen können, aber weil ich gerade so geladen bin, wende ich einfach mal meinen Selbstverteidigungsgriff an. Ich finde, jetzt ist eindeutig der richtige Zeitpunkt gekommen.

O. k., ganz so cool sah es nicht aus. Der Griff war mehr ein Schubsen, aber seine Wirkung hat er trotzdem nicht verfehlt. Sekundenlang starrst du mich und Kröten-Caro an. „Ihr und euer Zickenkrieg!", sagst du dann kopfschüttelnd zu mir. „Musste das sein? Woher kannst du so was überhaupt?"

„Hat mir Frau Sauerwein gezeigt", antworte ich grinsend, während du die Tür zum Büro deines Vaters öffnest. Er ist mitten in einem Telefonat. Als er dich sieht, legt er kurz die Hand über die Sprechmuschel. „Was ist denn? Ich habe keine Zeit."

„Das ist Lea", sagst du. „Sie hat den Comic auf der Kinderseite gezeichnet. Nicht Ole Hinkler ..."

„Moment mal. Bernd, ich ruf dich gleich zurück. Hier gibt es noch kurz was zu klären." Dein Vater legt auf und seufzt. „Hallo", sagt er zu mir, klingt aber ganz freundlich. „Wir kennen uns doch von Silvester. Deine Freundin, ja?", fragt er dich und du nickst. WOW, WIE BITTE? Überrascht schaue ich dich an, und wenn nicht eh schon alles so aufregend wäre und alle Nashörner längst aus ihren Gehegen gestürmt wären – spätestens jetzt würden sie mich umhauen. WIR SIND ZUSAMMEN?

„Schön, dass ich so was auf diese Art mal erfahre", sagt dein Vater.

„Finde ich auch", piepse ich nervös.

„Und du bist also die wirkliche Urheberin dieses Comics? Das ist eine schwere Anschuldigung, wisst ihr das? Ole Hinkler arbeitet schon eine Weile für uns, aber ich muss zugeben, dass er schon lang keinen so niedlichen und erfrischenden Comic mehr abgeliefert hat." Vor Freude schlägt ein Nashorn in mir ein Salto. Lobt Herr Wildemann da gerade wirklich meinen Comic in höchsten Tönen? „Nun ja, trotzdem müsstest du mir natürlich irgendwie beweisen, dass du den Comic gemalt hast“, sagt er und räuspert sich. „So gern ich dir natürlich glauben würde.“

Jetzt nimmst du mir das Buch aus der Hand. „Genau deshalb hat Lea ihr Tagebuch mitgebracht“, sagst du. „Da malt sie nämlich all ihre Nashorn-Comics rein.“ Danke, Jan, dass du deinem Vater nichts von dem Liebesbrief sagst. Das wäre nun aber auch wirklich zu peinlich – für uns beide!

Neugierig betrachtet dein Vater das Buch. Dann schiebt er es über den Schreibtisch zu mir. „Also, ich will das natürlich nicht lesen. Zeig mir einfach nur die Comics, o. k.?“ Ich schlage die Seite mit dem Comic auf und er schaut interessiert hinein. „Tatsache!“, murmelt er schließlich. „Das ist wirklich die Höhe. Wartet kurz!“ Er greift erneut zum Telefonhörer und wählt eine Nummer. „Herr Hinkler!“, schreit er plötzlich in den Hörer. „Was haben Sie sich eigentlich dabei gedacht, einen fremden Comic als Ihren eigenen auszugeben …?“ Am anderen Ende hört man undeutliches Gestammel. „Was? Das wollten Sie mir noch sagen? Wann denn? Das ist kriminell! KRIMINELL! Sie sind entlassen. Suchen Sie sich eine andere Zeitung, die

Sie bescheißen können. Guten Abend!“ Und damit knallt er den Hörer aufs Telefon und lächelt uns zufrieden an. „Ich habe ihn gefeuert!“

„Ach, echt?“, grinst du. „Haben wir gar nicht mitgekriegt.“

„So, und jetzt sorge ich dafür, dass der Name noch ausgetauscht wird, Lea …“ Herr Wildemann sieht mich fragend an.

„Kirchberger“, sage ich schnell. „Lea Kirchberger. Wird der Comic dann wirklich veröffentlicht?“

„Selbstverständlich!“ Herr Wildemann stockt kurz. „Es sei denn, du willst es nicht. Aber das wäre wirklich schade, weil wir dann morgen keinen Comic auf der Kinderseite hätten.“

„Doch, ich will natürlich!“, rufe ich. „Ich habe noch viele andere Comics gemalt in den letzten zwei Wochen.“

„Schön, dann zeig mir die doch mal bei Gelegenheit! Vielleicht ist ja noch was Brauchbares dabei“, sagt Herr Wildemann und wir vereinbaren einen Termin. So schnell wird man also Comic-Illustratorin bei der Zeitung. Das hätte ich nun wirklich nicht gedacht … Ich freu mich schon auf die Augen von Chris und den anderen Schülerzeitungsleuten, wenn ich ihnen mitteile, dass ich ab jetzt keine Comics mehr für sie machen werde. Hihi!

Als wir aus dem Büro kommen, sehe ich Kröten-Caro mit leuchtenden Augen an. „Danke!“, sage ich zu ihr.

„Wofür?“, schnaubt sie unfreundlich.

„Dass du meinen Comic in die Zeitung gebracht hast! Wenn du erkannt hättest, dass er von mir ist, hättest du das doch bestimmt verhindert.“

„Blöde Kuh!“, faucht Kröten-Caro, während du und ich lachend Hand in Hand das Vorzimmer verlassen.

Draußen siehst du mich lang an. „Was für ein Glück, dass du mich angelogen hast und doch noch weiterhin den Liebesbrief geschrieben hast“, sagst du lächelnd.

Ich nicke verlegen. „Ja …“, murmle ich, dann muss ich grinsen. „Was für ein Glück, dass du doch kein Feigling bist. Danke!“

Du umarmst mich und dann küssen wir uns. Richtig lang, und ich glaube, das ist unser erster richtiger Kuss – als PAAR!

„Heißt das, wir versuchen es doch?“, frage ich danach.

Jetzt nickst du und schaust ein wenig zerknirscht. „Ja! Ich muss mich echt entschuldigen, weil ich so lang gebraucht habe, um das zu checken. Aber du bist das erste Mädchen, in das ich mich verliebt habe …“ Ich gebe dir schnell noch einen langen Kuss. „Warum bist du mir auf der Faschingsparty eigentlich nicht nachgerannt?“, will ich schließlich aber doch wissen.

„Bin ich ja“, antwortest du. „Aber dann hab ich dich mit Julia zusammen gesehen und wollte euch nicht stören. Sie sah so fertig aus …“

Ich nicke, sage jedoch nichts weiter dazu. Dass Julia das mit Yasar und Kröten-Caro so nahegeht, brauchst du nicht zu wissen. Ich kann ja selbst noch nicht so richtig fassen, dass die beiden jetzt zusammen sind. Und das mit uns kann ich auch kaum glauben. „Du hast mich ganz schön überrumpelt vor deinem Vater“, sage ich.

Du nimmst mich in den Arm. „Ich wusste halt, dass du dich dann am wenigsten wehren kannst“, grinst du. „Ich hatte nämlich Angst, dass du mich jetzt gar nicht mehr willst.“

„Ich war kurz davor“, sage ich und halte deine Hände. „Aber jetzt will ich auf jeden Fall, dass wir eine Beziehung ausprobieren.“

Freitag, 21. Februar

Der Stadtanzeiger erscheint immer freitags. Und ausgerechnet an meinem 14. Geburtstag erscheint darin mein allererster Comic! Ich bin so stolz und meine ganze Familie ist baff, als ich ihnen heute

Morgen die Zeitung präsentiere. Ihnen bleibt regelrecht das *Happy Birthday* im Halse stecken, aber dann schmettern sie es unter Papas Gitarrenbegleitung doch noch ganz ordentlich dahin. „Dann bist du jetzt ja berühmt“, sagt der Troll ein bisschen neidisch.

„Quatsch!“ Ich lache. Aber ein klitzekleines bisschen berühmt fühle ich mich trotzdem.

Von Mudda und Papa bekomme ich ein Smartphone geschenkt. Na endlich! Das wurde auch Zeit, ich war schon das Gespött der ganzen Klasse, weil ich als Einzige so ein uncooles Handy hatte. „So, und ab heute darfst du auch ins Internet“, erklärt mir Mudda feierlich. „Äh, danke!“ Ich schaue zu Oma und sie nickt mir zu. Gestern Abend hat sie meinen Laptop noch schnell abgemeldet.

Vom Troll bekomme ich eine weitere Star-Wars-Figur, die ich ihm am liebsten um die Ohren hauen würde. Weil ich aber so gute Laune habe, gebe ich sie ihm einfach so zurück. „Cool, dann schenke ich sie Tammy. Die freut sich wenigstens.“ Hat der ein Glück, dass ich gestern mit dir zusammengekommen bin, Jan. Du hast mir heute Nacht auch schon eine sehr süße SMS geschrieben und mir gratuliert.

Ja, und Oma? Die schenkt mir doch tatsächlich ein rosa Dirndl. „Für das nächste Konzert mit Hans Goldeisen“, lacht sie. Na, dann habe ich wohl schon mal ein Faschingskostüm fürs nächste Jahr. „Ihr werdet Hans ja nun sowieso öfter sehen", fügt Oma hinzu. Es wird kurz still im Raum. „Wieso?", fragt Mudda argwöhnisch.

„Na, er zieht doch unten ein. Hat euch der Vermieter das gar nicht gesagt?", entgegnet Oma scheinheilig. „Na ja, so oft wird Hans auch nicht da sein. Es ist seine Drittwohnung. Und er freut sich, dass ich ab und zu nach dem Rechten sehe, wenn er nicht da ist."

Das ist ja wirklich eine Überraschung, die uns Oma da eröffnet. Aber eigentlich ist es die beste Lösung für uns alle. So kann Oma öfter mal vorbeikommen und hat trotzdem noch ihre eigene Wohnung.

„Schade, jetzt würde ich doch gern meinen Geburtstag richtig feiern", sage ich, als ich abends zusammen mit Pinky das Tattoo-Studio verlasse. Ich habe Kelly und ihr natürlich alle Einzelheiten von gestern Abend erzählt und dass ich jetzt mit dir zusammen bin. Wobei – ich gucke auf mein Handy. Du hast dich seit Mitternacht nicht mehr bei mir gemeldet. „Eigentlich habe ich gehofft, dass der Jan heute Abend noch was mit mir unternimmt", seufze ich und bekomme schon wieder Zweifel. Wenn jetzt alles von vorn losgeht, kriege ich die Krise.

Pinky legt den Arm um meine Schulter. „Dafür mach ich was mit dir. Komm!" Sie schiebt mich zur Bahn und wir fahren in Richtung Innenstadt. Unterwegs kommen wir an dem Rilke-Plakat vorbei, aber schon wieder bemerke ich es zu spät. „Mist, nie schaffe ich es, die zweite Zeile zu lesen“, ärgere ich mich. Als wir wenig später am Buddha-Mudda-Laden vorbeikommen, meint Pinky: „Komm, wir sagen deiner Mutter mal kurz *Hallo*!“

„O. k.“, erwidere ich und wir betreten den Laden. Eine altmodische Klingel ertönt. Gaby steht an der Kasse und grinst mich an. „Hallo, Lea! Herzlichen Glückwunsch zum Geburtstag! Deine Mutter ist hinten.“

Wir gehen zum Hinterzimmer durch und da steht ihr plötzlich alle: du, Yasar, Paula und Frido, Julia, der Troll und Tammy, Oma, Mudda und Papa mit seiner Band. Die legt jetzt mit einem Geburtstagsständchen los. Danach gratulieren mir alle noch einmal. Yasar umarmt mich. „Wie gut, dass du Kröten-Caro nicht mitgebracht hast“, knurre ich. Er seufzt und lacht. „Also, ich hoffe, wir bleiben trotzdem Freunde.“

Grinsend schlage ich ihm gegen die Schulter. „Na gut, weil du es bist!“

Dann essen wir erst mal Kuchen. Papas Band spielt meine Lieblingslieder. Irgendwann kommst du zu mir und ziehst mich beiseite. „Ich hab auch ein Geschenk für dich“, sagst du und hältst mir ein Paket hin. Ein kleines Plüsch-Nashorn kommt zum Vorschein. „Das bekommt einen Ehrenplatz in meinem Bett“, lächle ich überglücklich.

Das ist wirklich mein allerschönster Geburtstag! Komischerweise macht es mir nicht mal etwas aus, dass meine Familie auf meiner Party ist. Ich finde es sogar richtig cool, mit ihnen und meinen Freunden zusammen zu feiern.

Als wir alle spätabends nach Hause fahren, achte ich dieses Mal darauf, das Rilke-Plakat nicht zu verpassen. Endlich kann ich auch mal die zweite Zeile der Werbung lesen: *Du musst das Leben nicht verstehen, dann wird es werden wie ein Fest!*

Das verstehe ich jetzt zwar auch nicht so richtig – aber es klingt gut! Oder was meinst du, Jan?

Deine Lea

KARI EHRHARDT
@book
inklusive
CARLSEN
Giraffen in FINNLAND